黑色魔咒❻

The Odd Sisters

以爱之名，摧毁一切！

古怪三姐妹

迪士尼（中国）公司 / 著　刘永安 / 编

北方联合出版传媒（集团）股份有限公司

万卷出版有限责任公司

ⓒ 迪士尼（中国）公司　刘永安　2024

图书在版编目（CIP）数据

古怪三姐妹 / 迪士尼（中国）公司著; 刘永安编. —
沈阳：万卷出版有限责任公司，2024.2
ISBN 978-7-5470-6270-8

Ⅰ．①古… Ⅱ．①迪… ②刘… Ⅲ．①长篇小说－中
国－当代 Ⅳ．①I247.5

中国国家版本馆CIP数据核字（2023）第099323号

出 品 人：王维良
出版发行：北方联合出版传媒（集团）股份有限公司
　　　　　万卷出版有限责任公司
　　　　　（地址：沈阳市和平区十一纬路29号　邮编：110003）
印 刷 者：宁波乐图纸制品有限公司
经 销 者：全国新华书店
幅面尺寸：145mm×210mm
字　　数：140千字
印　　张：8.5
出版时间：2024年2月第1版
印刷时间：2024年2月第1次印刷
责任编辑：李文天
责任校对：刘　洋
装帧设计：刘萍萍
ISBN 978-7-5470-6270-8
定　　价：42.00元
联系电话：024-23284090
传　　真：024-23284448

以爱之名，摧毁一切！

目录

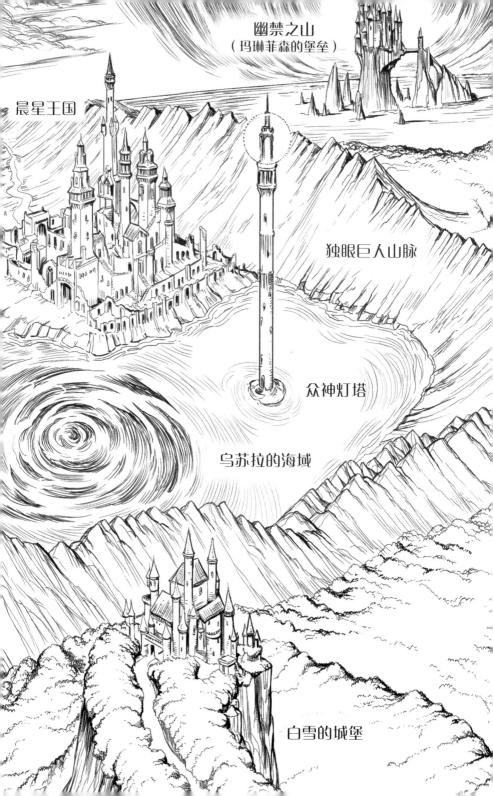

欧宝

瑟西

玛莎　鲁比　露辛达

海瑟

艾力克王子

雅各

普琳罗丝

爱丽儿　纳斯蒂

玛妮亚　高瑟

爱蒂娜　爱拉娜　爱黛拉　爱奎塔　爱莉塔　爱莉娜

黛斯波妮亚

萝丝　温特　海德

雅典娜　川顿

乌苏拉

始祖

白马王子　白雪　格

海王　海后

白王后　白国王

海底王国
亚特兰提卡

死亡森林

贝儿 ♡ 野兽

爱洛 ♡

玛琳菲森

晨星公主

史提芬国王 ～ 莉亚王后 ～ 晨星王后 ～ 晨星国王

南妮　仙女教母　蓝天仙子　翡翠仙子　花拉仙子　蓝仙女

瑟西

露辛达　鲁比　玛莎

奥伯隆

莉莉夫人

白氏家族

仙境

序曲

三个母亲

我有三个母亲，分别叫露辛达、鲁比和玛莎，她们是性格古怪的三姐妹。确切来说，是长相一模一样的三胞胎。

　　她们的外表十分引人注目，多年来，有许多人针对她们的外表留下各种天差地别的评论。举例来说，黑魔女玛琳菲森认为她们是她所见过最迷人的人。不过，其他人则将我的母亲们比拟为遭人抛弃的破旧玩偶，任由风吹雨打而残破不堪、失去光泽。若要问谁的评论最精辟，那肯定是既伟大又可怕的海女巫乌苏拉，她曾说过，古怪三姐妹身上的种种美丽各自皆不成比例，就是这份不协调感的怪诞美，使她们总是吸引众人的目光。

　　我一直觉得她们很美丽，即使她们发癫，甚至惹我生气时，她们的美丽也不会因此而打折扣。就算是现在，我已彻底了解她们究竟有多么丧心病狂、多么伤天害理，并对她们感到失望痛心之后，我还是觉得她们很美，依然深爱着她们。

在阅读母亲们的日记过程中，我和白雪明白了一件事，目前在这个世界上还活着的女巫里，几乎没有人比我的母亲们更强大了，除了一个人以外——也就是我。

如果有听说过古怪三姐妹的故事，那么就应该知道，在很久很久以前，她们曾经有一位妹妹，名叫瑟西。但是在黑魔女玛琳菲森满十六岁的生日那天，玛琳菲森因为一场意外事故陷入狂暴，怒不可遏的她不仅摧毁了仙境，同时也在无意间杀死当时也在现场的瑟西。但玛琳菲森并不知道这件事，因为古怪三姐妹一直将这件事情视为秘密。伤心欲绝的三姐妹不顾一切地想复活她们亲爱的妹妹，于是她们各自掏出自己灵魂中最美好的一部分来创造出全新的瑟西，一个用来取代逝去妹妹的替代品，也就是现在的我。

我不再是她们的小妹，而是用魔法和爱所创造出来的女儿。母亲们为了保护我，什么事都做得出来，真的，多年来不遗余力。她们以保护我为名义，四处制造混乱与破坏，摧毁所有可能伤害我的人、事、物。种种一切破坏行为都是为了保护我——她们的瑟西。

长期以来我一直相信她们是我的母亲，不曾怀疑过。

她们总是在我身边守护我，简直可说是过度保护。我从小猜测她们之所以如此疼爱我，或许是因为在我还不懂事时父母意外身亡的缘故，才导致姐姐们不得不扮演父母的角色，将身为老幺的我当成女儿一手带大。在我的成长过程中，露辛达、鲁比和玛莎绝口不提关于父母的事情，她们总是说为了我着想，还是不说比较好。没想到实际上姐姐们就是我的母亲。

在保护欲如此强烈的母亲身边长大并不轻松。不过她们坚定不移的爱以及毫不吝啬地传授魔法，让我奇迹般地茁壮成长。我从小就能施展比我年长的女巫也未必能施展的魔法，母亲们老爱夸说我的魔法天赋甚至比她们的更强大。随着年纪增长，我开始意识到她们说的或许没错，因为就连我也常常对自己毫不费力地施展各种咒语而感到讶异。很多时候，除非有人提醒，否则我不会注意到自己正在施法，有时甚至不知道原来是在施展高难度的魔法。不过形影不离的母亲们总会及时提醒我、保护我，避免因无知而让强大的魔法反弹到自己身上。

等到我进入情窦初开的年龄，喜欢上那位人面兽心的野兽王子以后，母亲们的过度保护开始出现残忍的报复行为。总之，那个王子最后伤透了我的心，至于母亲们的反应，唔……她们恨不得彻底摧毁他。

我还记得我向她们宣布我恋爱了的那天，她们惊慌失措的模样。她们说服我先演一场戏，保证光是这点小把戏就能证明那个王子配不上我，我轻易地点头答应了。因为我相信王子对我的爱是真挚不变的，而且要是能说服母亲们相信他对我是真心诚意的话，不管什么事我都愿意做。于是我假扮成猪农的女儿混进猪圈里，全身弄得脏兮兮的，等待王子来找我，结果他见到我以后，却表现得让人失望之极。他的反应跟我那三个母亲预期的一模一样，变得对我十分反感，并收回他对我的爱意。由于他的态度实在太恶劣太无情，因此我对他下咒。

他所犯下的每一件恶行都会反映到他的脸上，逐渐改变他的外表，但如果他能改过自新，那么诅咒就不会影响他的样貌。接着，我从花园里摘下一朵玫瑰给他，好让那朵缓慢凋谢的玫瑰花提醒他，我们曾有过的短暂爱情。当那朵玫瑰的最后一片花瓣落下时，如果他仍不知悔改，那么在这段时间，他把自己搞成什么模样，都将一辈子保持那副外貌。

就如之前的许多女巫和仙女一样，我也给了他解除诅咒的机会：只要他能够找到真爱并让对方也爱上他，诅咒就会自动失效。我觉得这很公平，因为我给了他赎罪的机会，谁知道我那三个母亲私底下另有打算。她们一逮到机会就故意惹恼他、怂恿他去做坏事，一步步引诱那个王子走向自我毁灭，以确保他的外表最后变得跟她们心里所想的野兽一样恐怖。其实这些事我原本可以睁只眼闭只眼的，偏偏她们后来又接连把晨星王国的晨星公主跟贝儿也卷进这场风波。母亲们不断折磨野兽直到他被逼疯，导致他对晨星公主态度非常恶劣、残酷无比，以至于晨星一时之间因想不开而从悬崖跳海自尽，然后落入深海女巫的触手里。乌苏拉答应救反悔的晨星一命，代价是她得付出美貌和声音。还好，母亲们的手边有乌苏拉的贝壳项链，很久以前川顿国王曾夺走项链，之后母亲们又通过魔法偷到手，而我就拿着那条项链帮可怜的公主换回她的美貌和声音。我无法原谅她们让无辜的晨星差点赔上性命，也让可怜的贝儿遭遇那么多恐怖事件，然后还推说这一切都得怪那头野兽，谁叫他当初待我薄情寡义，坚称她们的种种行径都只是想替我报仇罢了。

直到这里，都还只是我对母亲们感到一连串失望的开端，我同时也赋予自己新的任务：纠正她们犯下的错误。我气她们害晨星和贝儿差点丧命，于是我选择离家出走，拒绝回应她们的召唤，并且尽我所能地隐藏行迹，暂时保留我对她们的爱是我唯一能真正惩罚她们的手段，希望如此一来能改变她们的行事作风。

　　结果，母亲们却惊慌失措地跑去找乌苏拉求助。由于乌苏拉是非常强大的女巫，她们自然认为她能帮忙找到我，但是她们完全没料到，其实我早已沦为乌苏拉的阶下囚，乌苏拉趁我毫无防备时，把我变成一具无法行动的空壳并摆到她的海底花园，她多年来虏获的灵魂都会放在那座花园里。接着，乌苏拉假装答应母亲们会帮忙找到我，前提是她们得施展一招仇恨咒语，将她的哥哥川顿国王拉下王位。乌苏拉确实有权利继承川顿的王位，因为他们的父亲本来就打算让他们兄妹俩共同继承王位，但川顿却用令人不齿的手段和态度万般阻挠乌苏拉。如果乌苏拉可以一开始就告诉我她的计划，我很可能会亲自帮助她，只是我绝不会让自己被仇恨魔咒束缚，也不可能同意对川顿的小女儿爱丽儿下手。

　　至于黑魔女玛琳菲森，她是母亲们的另一位老友，早就警告过她们不要插手乌苏拉的事，并再三告诫她们乌苏拉不可信任，仇恨魔咒是非常危险的魔法等，但她们就跟平常一样不听别人劝告，那时乌苏拉的言行举止，早已透露出她内心已产生变化，只是母亲们刻意忽视。她们满脑子只想赶紧找到我，因此最后还是选择配合乌苏拉的疯狂计划，和她联手摧毁川顿。关于把川顿拉下王位这件事，我原本也可以睁只眼闭只眼原谅母亲们，偏偏这次她们又企图谋杀无辜的爱丽儿。

后来母亲们在得知乌苏拉将我的灵魂囚禁在海底花园后变得怒不可遏。为了把我救出来，她们将仇恨魔咒的施展对象硬生生扭转到乌苏拉身上，最后魔咒反弹的威力不只杀死乌苏拉，还殃及邻近王国，包括晨星王国。她们没有预想到后果，也没料到魔咒反弹的副作用，导致母亲们在日光温室里陷入沉睡，灵魂从那时起就一直困在梦境中，直至今日。

接着，玛琳菲森依循这股消灭了乌苏拉的强大魔力来到晨星王国。玛琳菲森多年前在自己的女儿爱洛受洗时，对她施展了沉睡魔咒，这个诅咒会一直等到爱洛十六岁生日当天才生效。光阴似箭，爱洛转眼即将满十六岁，如今玛琳菲森需要像古怪三姐妹这般强大的女巫帮她强化诅咒，以确保菲利普王子等人永远也无法破除诅咒。玛琳菲森之所以会这么做，因为她害怕爱洛体内蕴藏的魔力会在十六岁生日当天一口气爆发，到时爱洛将因为魔力失控陷入狂暴，燃起熊熊烈焰烧毁周遭所有一切。这是玛琳菲森的亲身经历，有过切肤之痛的她，非常担心自己的女儿也会步她的后尘。因此，玛琳菲森认为与其等着看爱洛变得跟自己一样，在摧毁所有心爱的人、事、物之后感受无止境的悲伤，还不如自己先下手为强，杜绝这种可能性。

我从来都不知道母亲们和玛琳菲森的关系这么要好，没想到她们在玛琳菲森还是小女孩的时候就已经认识她了，而且还很喜欢她。当然，我更不知道原来她们也曾经帮玛琳菲森创造出她的孩子：爱洛，她的明亮之星。只不过，母亲们在使用生命魔咒创造出我以后，这个魔咒间接毁了她们，而同样的魔咒最后也导致玛琳菲森走向自我毁灭的结局。因此，在经历玛琳菲森的事件后，我决定暂时先让我母亲们继续留在梦境世界，直到我确定接下来该拿她们怎么办再说。当时我只要求她们暂时乖乖待在梦境里，别再四处捣乱就好。我需要花上一段时间来处理乌苏拉和玛琳菲森临死前，在母亲们助纣为虐下所造成的破坏才行。

但母亲们就是不愿意好好等待。正当我忙着为她们收拾残局时，她们却一刻也坐不住，再度从梦境中干涉其他人。这次的对象是她们的儿时玩伴高瑟。她很需要古怪三姐妹的援手。高瑟是来自死亡森林的女巫，跟她同住在森林里的，还有她另外两个姐姐普琳罗丝和海瑟，以及她们强大无比的母亲玛妮亚。当我在母亲们留下的童话书里阅读到有关高瑟的故事时，每翻一页，我就越了解我母亲们原本是什么样的人。在书中所见，她们曾经是富有潜力、有很好的社交能力、可以忠于真挚友谊的三名年轻女巫，这一切直到她们失去妹妹为止，也就是之前的那个我，真正的瑟西。她们从那时起开始产生变化，全心全意、想方设法地要让瑟西起死回生，最后她们成功了，但所使用的魔法彻底改变了她们，也改变了我。

这个魔法导致她们变得疯狂。

从那时起，她们把所有精力都集中用于保护我，不希望再度失去我。

她们将高瑟耍得团团转，让她以为她们把她当成自己的姐妹对待。而实际上，她们从死亡森林里取得高瑟母亲的魔咒，是为了达到自己的目的。当高瑟的两个姐姐被玛妮亚杀死时，母亲们曾信誓旦旦承诺会帮助高瑟让她姐姐复活。我母亲们擅闯高瑟的世界，向她许下根本就没打算要实现的诺言，同时在心中盘算着要怎么将高瑟的黄金花为己所用。当时她们才刚帮玛琳菲森用生命魔咒创造出爱洛，但却给玛琳菲森带来精神上严重的负面影响，因此她们想用黄金花的力量治疗玛琳菲森。除此之外，我对她们发了一顿脾气，因为她们总爱在暗中搞鬼，我敢说之后她们肯定将怒火归咎到高瑟身上去了。

但我之所以生气与高瑟无关，当然也跟玛琳菲森、乌苏拉、野兽王子或老王后格林海德等人无关。我愤怒是因为我受够了，母亲们总是到处制造破坏并让许多人心碎。

在目睹一连串错综复杂的事件后，加上我在童话书里重新审视上述那些人的故事后，我注意到这一切都有个共同模式，我母亲们想做她们自认为是好的和公正的事，但这个标准只限于为了保护我，而导致妨碍她们的人都会遭到祸害。我很想原谅母亲们，因为她们打从心底相信自己做的事情是对的。毕竟，不顾一切保护自己的孩子是人之常情，但我就是无法原谅母亲们，因为她们对平白无故遭受牵连的对象毫无同理心与同情心，这些人包括晨星、贝儿、贝儿的父亲莫里斯，以及白雪。

她们尤其讨厌白雪。从白雪还是孩子的时候，就开始对她做出许多骇人的事，例如在森林里吓唬她、用巫术威胁折磨她。她们还送一面魔镜给白雪的后母格林海德，而魔镜里囚禁着格林海德那满口恶言恶语的父亲亡魂，魔镜不仅把格林海德逼到发疯，甚至怂恿她谋杀白雪，这当然是不可饶恕的行为。尽管后来格林海德选择自杀，她们便将老王后的灵魂困在魔镜里取代父亲，但她们仍不满足，依然憎恨着白雪。直到今日，我还是百思不得其解，为什么母亲们这么痛恨白雪？

于是我坐下来，在母亲们的日记上，潦草地写下这些事情以便理清思绪，我想整理一下自己现在的处境，同时解释为何我会和白雪这位远房表亲，成为感情要好的朋友。要不是有她在我身旁做伴，我实在无法想象自己该如何撑过这一连串被揭露出来的真相。要是没有她的陪伴，我不可能鼓起勇气正视母亲们的真面目。

白雪是我借鉴的对象亦是我的向导，当我看着白雪远离她那充满毁灭性的母亲时，感觉就像是在看自己一样。她母亲对于自己过去虐待女儿的行为深深感到自责与绝望，因此永远都在恳求女儿的原谅，结果反倒白雪为了要减轻母亲的罪恶感而一直背负着重责大任。一如我要肩负着替我母亲们收拾残局的重担。

我们能够相遇实在是上天的祝福。当我们一起挖掘关于我和母亲们过去的真相时，白雪的陪伴让我感到内心变得更加坚强。

总而言之，这不只是我的故事，同时也是露辛达、鲁比和玛莎的故事。因为说到底，我们都是一体的。我们的命运由一条纤细的生命线交织在一起，那条线涵盖着血缘、魔法，以及危险又包罗万象的爱。

我坐在母亲们的屋子里，思索着接下来该怎么做才好……我是否该让她们继续囚禁在梦境里，以惩罚她们的罪行？还是说，我应该要让她们苏醒，然后再眼睁睁看她们继续以爱之名在众多王国间荼毒生灵？

在我问自己这个问题之前，其实心底早就有答案了。虽然事实叫人心痛，但很明显的，我得为母亲们的种种罪行负起责任。我该做的事情只有一件。

只不过……在着手执行那件任务之前，我需要先鼓足勇气。

第 **1** 章

来自镜子深处的女巫

古怪三姐妹被困在永无止境的暮色当中。

　　"梦之地"是一块同时充满混沌、韵律与魔力的地方。她们原本处在一间满是魔镜的房间里，但自从瑟西将所有镜面变成连反光都照不出来的深黑色以后，房间显得比原本更小、更封闭了。这是瑟西对她们的惩罚，因为她们插手高瑟的人生并在暗中作怪，同时也害死了玛琳菲森、乌苏拉以及格林海德王后等人。

　　古怪三姐妹担心这次瑟西不会像过去一样，那么轻易地原谅她们。她们已经越界太多次，多到记不清楚究竟有哪些原因，导致瑟西要将她们放逐到黑暗里，并拒绝给予她们关爱。瑟西这样做不仅伤透了她们的心，也让她们陷入一阵又一阵恐慌与愤怒的情绪里，这股情绪提醒着露辛达不久前立下的誓言。

　　她发誓要摧毁瑟西珍惜的每一个人。

但是在梦之地，三姐妹已经失去了使用魔法的能力，她们在这块混沌之地再也抓不住魔法的节奏与规律，尽管眼前的魔镜里充满了魔力，然而现在的她们，除了一片漆黑以外什么也见不到，无从破解并运用镜子中蕴藏的魔力。瑟西杜绝了所有她们能够拿来使用的魔法来源。古怪三姐妹束手无策，犹如笼中之鸟，除了发狂以外无事可做，她们再度陷入熟悉的虚无与绝望泥沼。

玛莎和鲁比坐在房间地板上哭泣。她们俩身上穿的还是那件沾满血渍的破衣服，那套衣服会沾满血是因为先前玛琳菲森和菲利普王子交战时，三姐妹为了从梦之地和玛琳菲森对话，施展了献血仪式。那明明是不久前才发生过的事，感觉上却像是很久以前的事了。她们还来不及哀悼她们心爱的龙女巫，注意力就已经转移到滑稽可笑的高瑟身上。

"可恶的高瑟！"露辛达狂躁地绕着房间来回踱步，"要不是因为她，瑟西可能早就原谅我们了！"玛莎和鲁比依旧坐在地板上号啕大哭，没心思听露辛达的无稽之谈。"如果瑟西知道了事情所有的真相该怎么办？到时她会怎么看待我们？"露辛达低下头来看着妹妹们，她们三人总是心有灵犀，向来不需要开口就知道彼此在想什么；但有那么一刹那，露辛达突然觉得眼前的那两个人看起来好陌生，仿佛跟她一点关系也没有。这实在是太诡异、太反常了。这种感觉让露辛达十分讶异，此刻的她终于能理解，瑟西眼中的她们看起来是什么模样。

"安静点！别再哭哭啼啼的！"露辛达需要清静、需要思考。她得找出离开这个房间的方法，这样才能向仙女教母和好管闲事的南妮这对仙女姐妹进行复仇，因为她们抢走了三姐妹最心爱的瑟西。

"你们没完没了地一直哭只会搞得我无法思考！我跟你们保证，一定能想出什么方法来消灭瑟西珍惜的一切！我们得先想办法让玛琳菲森复活，这样她才能够助我们一臂之力！她跟我们一样都很讨厌仙女！"露辛达说。

"不行，露辛达！这正是瑟西对我们发火的原因！"鲁比惊恐万分地尖叫道，抬起头来睁大双眼看着露辛达。露辛达在鲁比的眼中看见疯狂，连她都对那股疯狂感到畏惧。

"就是说嘛，露辛达！"玛莎也跟着哭喊道，"如果我们真的杀了那些人，瑟西就永远都不会原谅我们了！"

"闭嘴！"露辛达停止踱步，低头看着那两个如脱缰之马般的疯狂妹妹，"只要我们夺走她珍爱的一切人、事、物，她就别无选择，只能投入我们的怀抱了！到时除了我们以外她将一无所有。她会需要我们的！"露辛达觉得自己像是在跟呆头呆脑的小孩子解释。

"这一招对高瑟早就已经没效了！瑟西又怎么会吃这一套？"

露辛达认真思考着鲁比提出的问题。事实上，她也不确定这方法究竟行不行得通，但她打从心底认为她们已经没有其他选项了。

"这招对高瑟不管用，因为我们冷落了她。我们留她一个人孤零零的，结果她就气疯了。当时我们不清楚她体内究竟有多少玛妮亚的魔力。"说到这，露辛达似乎想起了什么，接着又用力地甩头，像是想把内心浮现的想法甩掉，总之，高瑟太弱了。不论她是不是我们的女巫姐妹都无所谓，反正她已经没用处了！当初她拒绝借我们黄金花去救玛琳菲森，现在玛琳菲森真的死了，要怪就应该怪高瑟才对！如果我们能让玛琳菲森起死回生，瑟西肯定会谅解我们！"我倒觉得我们应该乖乖等待。"玛莎说，"如果我们像瑟西要求的那样，乖乖等待并且什么事也不做，她迟早会原谅我们的。她不会这辈子都不原谅我们！"

露辛达不耐烦地朝妹妹挥手，她忘记自己在这里已经无法施展魔法了："闭嘴！我可不会乖乖地等着让那群仙女审判我们！"

"你说什么？'仙女审判'是怎么回事？"鲁比和玛莎同时从地板上跳起来，异口同声问道。

"难不成你们以为那群仙女对这一切没有半句怨言吗？就在我们被困住的当下，现在可是她们能够审判我们的大好机会。天啊！她们已经拿这件事威胁我们多久了？既然瑟西已经变成她们的傀儡了，我们可不能指望她会为我们辩护。我们得自己保护自己！做好准备！"

鲁比和玛莎看着露辛达，圆鼓鼓的大眼睛涌上泪水："瑟西才不是仙女的傀儡！"

"她就是！"露辛达啐道，"她为了讨南妮和可恶的仙女教母欢心而跟我们作对，她们甚至还问她愿不愿意接受祈愿仙女的名誉头衔。她们想要我们的瑟西成为名誉上的仙女！在那群仙女对玛琳菲森做了那么多过分的事情以后，竟然还有脸提出这种要求？瑟西怎么能考虑要接受？她可是女巫！是由我们三个受众神眷顾之人创造出来的女巫！我可不会眼睁睁地看着她被那群仙女玷污，更不允许仙女们利用我们的女儿对我们进行审判。我真不敢相信你们竟然会说乖乖等待就好！乖乖等待？你们完全失去理智了吗？你们到底为什么会变成现在这样？"鲁比和玛莎胆怯地盯着露辛达看了好一阵子，最后才终于开口回答。

"是你把我们变成这样的！"

"这是什么鬼话？我对你们做什么了？"

"当初是你说我们必须为了瑟西，努力成为好女巫，现在又改口说要杀光所有她爱惜的人！"鲁比说道。

玛莎接着说："而且是你坚持要我们像普通人一样正常说话，不要多管闲事，并且在做任何决定以前，都要先考虑瑟西会怎么想。"

接着又换鲁比说："是你说让她保持开心，她才会回到我们身边的，露辛达！我们想要她回来！我们想要她回来！"

玛莎跟着鲁比一起喊："我们想要她回来！"接着鲁比和玛莎开始一边跺脚一边原地转圈，同时撕扯身上那套血渍斑斑的破衣服。她们每转一圈，叫喊的声音就越大："我们想要她回来！我们想要她回来！"

露辛达站在两人面前，气得浑身发抖："给我停下来！我不想继续看你们这样闹下去！"但她只能呆站在那里，看着歇斯底里的妹妹们不停叫喊。她们的衣服已经变得破烂不堪，几乎可说是衣不蔽体了。露辛达连变出像样点的衣服给她们穿的能力也没有。在梦之地，甚至连完全不懂魔法的凡人，也有改变自己穿着的能力，但瑟西完完全全夺走了所有力量，包括她们的尊严。

不过，鲁比和玛莎说得也没错，露辛达确实说过那些话，但她该怎么做才能让她们理解，现在不得不改变做法了？要如何说服她们，是时候必须变回强大女巫了？露辛达想让她们知道，终于到了离开梦之地、回到现实世界、收复领土的时刻了。可是露辛达不确定妹妹们是否已经准备好听她说实话，于是她又把话吞了回去。尽管两个妹妹的精神向来比她脆弱，但她从来没有像现在这么担心她们的精神状态。

露辛达有一个保守至今的秘密，从来没跟妹妹们分享过。要是现在突然告诉她们，后果肯定不堪设想。她希望最好连瑟西也永远都不要知道这个秘密存在。虽然露辛达很爱鲁比和玛莎，但她们俩的意志力太薄弱，不可能将这件事完全藏在心里而不泄漏。喔，她们当然也晓得这秘密，但只知其一不知其二，最关键的部分只有露辛达知道，要是那件事被瑟西发现的话，可能一切就玩儿完了。这就是为什么露辛达急着想离开梦之地的原因：她们得赶紧去摧毁高瑟的藏书室才行。

"妹妹们，听好了，因为我是老大，所以我需要你们相信我懂的事比你们多。"

另外两人听到这句话以后开始捧腹大笑："喔，露辛达最懂了！"鲁比和玛莎咯咯笑道，

"你听到她说什么了吗？露辛达最懂了！"

"妹妹们，拜托了。冷静下来听我说！这件事很重要！"但鲁比和玛莎依然嘲笑着露辛达。

"露辛达最懂了！露辛达最懂了！"失去魔力的露辛达逼不得已，只好伸手用力掐住她们脖子，像是抓住破玩偶般将她们从地板上高高举起。

"你们最好给我适可而止，安静闭嘴听我说话！"房间开始嘎嘎作响并剧烈摇晃，镜子也随之震动，镜面弯曲到将近碎裂。露辛达松手让她们掉回地上，玛莎和鲁比惊恐地紧紧抱在一起。

"怎么回事？露辛达，快住手！我们会乖乖听话！"

"喔！露辛达，我们知道错了！拜托你快住手！"

露辛达沉默不语，安静地站在原地环顾房间，仔细观察每一面镜子。事情不太对劲，她敢说有某个女巫正潜伏在某片镜子里，因此她不断搜寻哪面镜子看起来最可疑。

房间继续剧烈摇晃着。"露辛达，求求你！"鲁比和玛

莎紧紧抱着彼此不放，"不管你说什么我们都照做！求求你不要弄碎镜子，这是我们仅存的东西了！"

"你们两个蠢货，这不是我弄的。我们三个早就都不能施展魔法了！快过来！快，躲到我身后！"露辛达将另外两人拉到自己身后，像母鸡保护小鸡一样地张开双手护着她们。

露辛达嘶声叫道："不管你是打哪来的女巫，赶紧现身吧！"房间里的镜子发出颤动，接着镜子里突然燃起绿色火焰。

"是玛琳菲森！"鲁比大叫，"她回来了！她找到离开冥界的方法了！她靠自己起死回生了！喔，我就知道她有那个实力！"

绿色火焰越烧越旺，又亮又热，看似要从镜子里蹦出来燃烧整个房间。接着一张熟悉的面孔从火焰里冒了出来，照映在每一面镜子上。那张面色苍白的脸孔有双漂亮的褐色大眼睛，她的外表数十年从未变过，还是跟从前一样美丽。

她不是玛琳菲森。

三姐妹异口同声喊出她的名字，"你是格林海德！"

"你们好，脏兮兮的女巫三姐妹。"她的声音同时从所有镜子发出而引起回响。鲁比和玛莎不停在原地打转，试图找出哪一面镜子里的格林海德才是真的、哪些只是幻象。

"妹妹们，别再转了！她就在我们面前而已。"露辛达指着她们正前方的镜子说道。老王后格林海德看起来比露辛达印象中更漂亮。

冷酷。无情。绝美之人。

露辛达不禁心想，当初她们将她父亲囚禁在魔镜里是为了惩罚他，然而同样一件事套用在格林海德身上，似乎完全称不上惩罚。因为现在的她，不仅变得永远年轻美丽，甚至连魔力都变得比之前更强大。

"你怎么有办法进入梦之地？"露辛达的问题让格林海德大笑起来。

"当然是靠你的魔法，露辛达。你们当初下咒将我困在镜中世界，现在却连我怎么有办法出现在你们面前都不知道？"露辛达不清楚格林海德是否已经知道，其实她们的魔咒早就无法束缚她了。无论如何，露辛达突然觉得自己很没面子，毕竟老王后出现在眼前，她们却穿着血渍斑斑的破衣服。露辛达多希望自己现在没有被困在梦之地、手无缚鸡之力，身边还跟着两个没头没脑的妹妹。她真想回到现实世界中，回到那片可以让她们像女王般凌驾于一切之上的土地。但天不从人愿，当老王后格林海德出现在她面前时，偏偏就是在这个充满镜像与疯狂的梦境国度里。谁知道老王后看到她们被困在此地，一副窘态百出的模样，心里又是怎么想的呢？

都怪该死的瑟西夺走我们的力量！要不是没有魔力和魔镜，我们也不会变得这么无能为力！

接着她灵光一闪，茅塞顿开般地笑了起来。

"是镜子！这个时代最聪颖、最强大的女巫瑟西，她夺走我们所有的力量，却没想到要对梦之地的镜子施法，以防格林海德跨入梦境！"露辛达的笑声在房间里不停回荡。邪恶王后眯起眼睛看着露辛达："难道你一点也不好奇我为何而来吗？你打算站在那里一直傻笑，等到我无聊走开吗？"

"喔，我很清楚你来这里的原因，女巫。你是来找我们报仇的。"

鲁比和玛莎听到便开始大声抗议："不公平！我们现在又没力量！我们无法保护自己！不公平！不公平！"

格林海德摇摇头："冷静点。虽然我可以这么做，但我并不打算伤害你们，我来这里是因为我需要你们帮忙。"

三姐妹沉默了。她们惊讶地睁大眼睛，一时间不知道该如何回应。她们三个显得相当错愕，站在原地不时抽动身体，一副震惊的模样。

　　"显然我来这里是找错人了。你们看起来比我上次见到时还要更疯癫了。"格林海德发出不屑的笑声，"就算我真的是来复仇的，我也对你们下不了手。对现在的你们出手，一点意义也没有。你们手无寸铁、遭人遗忘又脑袋糊涂。呵，真可悲。"

　　"你竟敢——"

　　格林海德立即打断对方："我竟敢怎样？这句话应该是我对你们说才对吧？你们毁了我的人生，又想方设法怂恿我谋杀我女儿！而现在，你们的女儿瑟西，又从我身边夺走了我的白雪！可怜的白雪，直到现在她的噩梦仍然充满你们的幻影！我真应该现在就在这把你们做掉算了！"格林海德的眼神充满矛盾，"但我是来向你们寻求帮忙的。玛琳菲森曾经向我说过你们的事，我听完以后觉得……算了，我怎么想都无所谓。看来我不该来这里浪费时间，你们已经疯了，彻底变成疯子了！就算我想向你们复仇，也想不出还有什么比得上把你们留在原地更折磨人心的了，你们就这样永远困在没有女儿的疯狂中吧！这个结局最配你们了。"

格林海德转身走向镜子深处，身影在闪烁不定的绿色火焰中逐渐离去。

"不！格林海德，等等！"

"有什么事吗，露辛达？"邪恶的王后停下脚步，回头看着对方。

"你想要我们帮你什么忙？"王后叹了口气，看起来像是好不容易才下定决心的样子，接着她转身走回三姐妹面前。

"我希望你们想办法让白雪回到我身边。我还想要一个能将她永远绑在我身边的魔咒。以此作为交换，要我做什么事都可以。"露辛达看得出格林海德是认真的，她感受到格林海德有多绝望，那股情绪几乎和她们对瑟西的渴望一样强烈。

"我明白了。"露辛达说道，"那么，你女儿现在人在哪里？"

"她和瑟西在一起，混在一群仙女身边。"

"喔，是吗？很好，我们有一个计划能对付那群仙女。"露辛达的声音听起来既平稳又冷静。

"那是个能在梦境里执行的计划吗？"格林海德看了看

这个小房间，语带讽刺地问道。

"有你的帮忙就可以。"露辛达笑着回应。

"那你得先保证我女儿不会因此受到伤害。"

"我们保证你女儿不会因此受到任何伤害。"

"你们愿意用鲜血、用魔法来立下誓言吗？"老王后眯起眼睛盯着她们，仿佛这样可以看清楚她们究竟是否有说实话。露辛达露出笑容转头看着她的妹妹们，而她们也报以同意的笑脸看着露辛达，"我们很乐意赌身立誓。"

"那么就告诉我，我需要做什么吧！"

"我们需要你帮我们找到玛琳菲森的某只乌鸦。"露辛达说道。

"小事一桩。"格林海德摆出古怪三姐妹还记得的招牌邪恶笑容。那笑容就和多年前，格林海德喝下她们为她制作的药水后露出的笑容一样。也就是在那一天，她才狠得下心来命令宫廷猎人将白雪带去野外杀害。露辛达很高兴能看见格林海德心中的仇恨从未消失，她体内的仇恨如来自冥界的烈火般燃烧着。

露辛达还不清楚她是否真的可以信任格林海德，但也许唯有携手合作，她们才能获得比复仇更重要的东西。

她们的女儿。

第 **2** 章

结束之后

白雪和瑟西在古怪三姐妹的屋子里旅行期间，一直都在阅读那本童话书。自从这栋像放大版的姜饼屋自动飞起来，将她们带到它的产地，一个叫作"起源之地"的地方以后，她们俩就一直被困在那里。

　　与古怪三姐妹屋子有关的种种传说都是未解之谜。屋内从墙壁到书架上处处都藏着秘密，进一步说，这栋屋子的存在本身就谜团重重。光是这栋屋子究竟是在哪里建造的就是一个谜，当初在建房时，古怪三姐妹在屋内设置了一道自动保护魔咒，万一她们发生任何意外，这栋房子就会自动地将停留在屋里的人带到它的起源之地。这是三姐妹为了确保当她们不在家或无法回去时，藏在家里的秘密也不会遭到外泄所做的防护措施。

　　事情就是这么一回事：当古怪三姐妹陷入梦境时，瑟西和白雪刚好在屋子里，因此屋子触发了保护魔咒，而将她们带往众多王国外的远方。

起源之地位于某片充满星光与旋涡星云等奇景的空中，她们不知道自己究竟身在何处，也不知道该如何离开。于是她们开始专心阅读童话书以及古怪三姐妹留下来的日记，她们认为也许能在那些日记里找到回去的方法。她们俩都很担心待在晨星王国的其他人，毕竟大家不久前才跟玛琳菲森决一死战；不过，瑟西与白雪的注意力后来完全转移到童话书里有关高瑟的故事上，她们不敢相信古怪三姐妹居然对高瑟的生活干涉得这么深入。

瑟西对于待在梦之地的母亲们非常气愤，气愤到决定剥夺她们所有的力量。

接着，不知何故，这栋屋子在这之后便突然离开了起源之地，载着瑟西与白雪飞回众多王国的上空。

她们不仅重获自由，还可以操纵房子前往想去的地方，于是瑟西与白雪想先去确认高瑟的故事里提到的人是否都平安无事。

她们旅程第一站首先是去亲眼见证乐佩确实获得了幸福结局。接下来，她们去探望的对象是蒂德巴顿太太，蒂德巴顿太太是一名和蔼可亲的老妇人，乐佩小时候是由她负责照顾的，现在她则负责看守高瑟的两个姐姐，也就是海瑟和普琳罗丝的遗体。等瑟西和白雪确认完与高瑟有关的人都平安无事以后，她们才启程返回刚打完仗的晨星王国，急着回去看南妮、晨星与奥伯隆等人的情况。

尽管高瑟的故事令她们念念不忘，但她们更朝思暮想的是晨星王国。在回程路上，她们决定再重读一遍玛琳菲森的故事结局。

晨星城堡有一部分已变成废墟，而南妮站在其中。仙女教母将三位善良仙女派去帮助菲利普王子与喷火龙战斗，她则留下来陪姐姐一起修复晨星王国遭到破坏的地方，同时治疗和玛琳菲森交战时受到伤害的人。

"谢谢你留下来帮忙。"南妮真心诚意地说道。

仙女教母吻了姐姐脸颊一下，"我很乐意为你效劳，亲爱的。再说，我们以前修复过比这里的损害更严重的场面。值得庆幸的是，还好城堡里没人受到致命伤。"南妮一边听一边环顾四周，试着寻找晨星的身影。

"你在找晨星公主吗?"仙女教母问道，"她和波佩杰在一起，他们正尽其所能为奥伯隆的军队提供帮助，毕竟奥伯隆在跟玛琳菲森战斗时失去了许多战友。"

南妮感到非常心痛，一切都化为乌有了。仙女教母从姐姐脸上的表情看得出她有多难过："别自责了，亲爱的。

你为玛琳菲森付出了所有努力，反而是我从来都没有帮助过你，真的很抱歉。要是当初我……"

南妮抱住妹妹说："我们现在先别谈这件事。我明白你的心意，我明白。"说完后开始哭泣，她从没哭得这么厉害过。南妮一下子失去太多了，她不但失去了玛琳菲森，也不知道该如何找回瑟西，只知道古怪三姐妹的屋子将瑟西带去无人知晓的地方。

"你还有我呀，我永远都与你同在。"仙女教母提醒她，"找普兰兹谈谈看吧，应该没有人比她更清楚古怪三姐妹的屋子里究竟藏了什么机关。但我相信瑟西和白雪会比我们早一步找到回来的方法。"

"也许你说得对。我想我最好还是先去看看晨星的情况，或许我的魔法能帮忙治疗那些树王。"南妮说道，脸上仍挂着忧虑的表情。

仙女教母认为转换心情是个好主意："那我就留在这里继续修复城堡毁坏的……"话还没说完，一只雄伟壮丽的蜻蜓突然飞到她们面前，身上带着来自仙境的信件。

"这是什么？"仙女教母摊开纸卷快速看了一遍，"原来如此，是蓝天仙子寄来的。她说菲利普王子已经破除诅咒，爱洛也醒来了。"她看着南妮说道，心里明白这个好消息同时也意味着令人心痛的事终究还是发生了。

南妮摇摇头："不，我打从心底为爱洛公主，也为史提芬国王感到开心。我相信这个好消息将为他们王国的所有人民带来爱与光明，我很高兴那位公主能获得幸福，那是她应得的。"

仙女教母伸出手将姐姐抱进怀里："换个角度想，玛琳菲森也终于获得幸福了，因为她女儿爱洛仍延续着她的生命。"

南妮认为妹妹说得对。这样一想，南妮内心平静许多。暂时如此。直到她将心思转向其他问题为止，但至少在这短暂的片刻，她真的很开心爱洛公主活了下来，并且在王子身上找到真爱。一想到爱洛可说是延续着玛琳菲森的生命，南妮觉得很欣慰。

即使未来历史不会留下这段纪录、童话故事书不会提到这件事也不要紧，只要她知道这件事情便足矣。这才是最重要的。

"白雪，别再读下去了。"瑟西说道，"我听得好难过。而且，我们就快到了。"瑟西从飞行的小屋里往窗外看，下方景色一览无余，"你看，我们已经可以看见晨星王国了。"白雪听到后兴奋地放下书。

"喔！我们快到了吗？南妮看到你平安归来一定会很开心。"

瑟西将母亲们的小屋降落在一片黑色的悬崖峭壁上，那个位置可以俯瞰曾经归海洋女巫乌苏拉管辖的海域。从厨房的圆顶窗户向外看，晨星城堡的景象实在触目惊心。虽然众神灯塔在玛琳菲森与树王之间的大战中并未受到波及，但城堡许多地方都受损得很严重。面对姜饼屋降落地点的那面城墙，其墙上的城垛垮了下来，在城堡底部堆得高高的，看起来就像崩塌的独眼巨人墓碑般。城堡中至少有两座高塔被完全摧毁，其中一座还是晨星房间位置所在的高塔。这幅景象让瑟西忍不住心生寒意。

"唉……"瑟西静静叹道，一边为白雪准备热茶，一边看着窗外受损的建筑，"至少我们已经做好心理准备了。而且南妮也说过，晨星平安无事，对吧？"

白雪坐在一张红色天鹅绒双人沙发上望向窗外，大腿上突然冒出一堆信件："看来南妮寄出的信件现在才收得到。跟童话书里说的一样，晨星很安全，而且南妮和仙女教母正一起努力修复城堡毁坏的部分。"瑟西原本小心翼翼看着手上托盘里的茶和点心，这时抬起头对白雪露出微笑。

"谢谢你替我看了这么多信件和书，但你确定要待在这里吗？你不觉得回到自己的城堡会更舒服自在吗？"

"你已经想赶人了？"白雪淘气地向瑟西眨了眨眼睛。

瑟西赶紧将托盘摆到一张小桌子上，接着飞奔到白雪身边："当然不是！我非常高兴有你在这里！但我也很担心在我去城堡的这段时间，留你一个人在屋子里会烦闷。虽然这个决定可能有些过度保护，但南妮真的觉得你留在这里会比待在晨星城堡更安全，毕竟我母亲们的身体还在那里的日光温室里。"

白雪微微一笑："我明白，不要紧的。光是童话书和这堆信件就够我忙得团团转了。再说，我还没准备好回去过以前的生活。至少现在不行。"

接着白雪对眼前那叠堆得高高的信件笑了笑："可怜的小猫头鹰，南妮联络不上我们时，它肯定忙得不可开交。看来我们被困在那个陌生又美丽的地方时，她每天都寄好几封信来。"

"起源之地。"瑟西提醒她那个地方的名称，"我不知道的事实在太多了，不管是关于母亲们还是这栋房子的事。我在怀疑，会不会是因为我夺走了她们的力量，所以屋子的保护魔咒才得以解除。"

白雪笑道："嗯，这就是为什么我得留在这里，为了帮助你进行研究。你甚至没时间好好消化高瑟的故事，更别说还有一个玛琳菲森了。除此之外，我对你母亲们说过的话有点好奇，还想知道更多细节。我知道你很想赶快将这里的书全部读过一遍，但你不可能同时出现在两个地点。至少，我认为你办不到。"白雪露出调皮的表情对瑟西说道，"所以请让我帮你。我很乐意助你一臂之力，我说真的。"

瑟西往白雪的杯子里添了热茶，接着看对方轻啜一口茶后说："你知道吗？你手上的茶杯其实是从你们家偷来的，我在露辛达的日记里有看到这一段。"

白雪仔细看了看手中的茶杯，面带微笑答道："我确实是这么想的呢！我猜这是你姐姐们……我是说你母亲们多年前从我父母那里拿走的？"

瑟西点点头："我还是想不通她们拿这些杯子的目的……你觉得这些茶杯有可能只是她们每次做坏事后的纪念品吗？还是说，这些茶杯其实藏着什么更邪恶的诅咒？"

"我好像在玛琳菲森的故事里读过关于茶杯的事情，你想要我查……"白雪话还没说完，瑟西突然抢走她手中的茶杯，狠狠地扔向房间另一头墙上将它砸碎。

"瑟西！"白雪大吃一惊，"瑟西，冷静点！"

瑟西紧紧握住白雪的双手："喔，天啊！抱歉，白雪。

我不知道为什么突然失控了，看来我比想象中的还要更生母亲们的气。"

"我明白，瑟西，我明白。但还是想请你先去和南妮见个面，这段日子以来，她一直很担心你，而且见到她对你也有帮助。我保证我在这里不会有事的，再说，我也想一个人静静地读完童话书剩下的部分。"

"你说得对。抱歉。我想和南妮见面确实会有帮助。"瑟西把手放在白雪的脸颊上，"亲爱的白雪，当初确认完蒂德巴顿太太和她照顾的对象没事以后，我是不是就该让你回去了？我对你的要求会不会太多了？你丈夫难道都不担心你吗？"

白雪亲了一下瑟西的脸颊："不，瑟西。我那温柔体贴的丈夫会谅解我的。他一直对我和我母亲之间的亲密关系颇不自在，所以我想他若知道我在没有母亲陪伴的情况下也能够独立自主，肯定会很开心。"

瑟西很高兴听到这番话："白雪，在我去城堡的这段时间，我会对这栋屋子施法，让任何人都无法进来，你在这里会很安全，我保证。如果需要我的话，不管什么事，你都可以用这把手镜联络到我。"接着她忧心地停顿了一下，"你确定一个人留在这里没问题吗？或许我应该想办法说服南妮，让你跟我一起去城堡。"

白雪摇摇头："不，我完全可以理解，真的。南妮认为我待在这里会比待在晨星城堡安全。我明白她为什么会这样想，瑟西，请别再担心我了。"

瑟西再度露出笑容，她觉得白雪的心灵相当美丽。还有谁会愿意放下自己的生活不管，选择和她一起经历这趟危机四伏的冒险呢？还有谁会愿意主动到遥远的国度，只为了确认恶名昭彰的盗婴女巫的两个姐姐遗体是否安好？而且还特地探望一名脑袋变糊涂、整天忙着烤生日蛋糕的和蔼老妇人？尽管白雪年纪比她大许多，但有时白雪感觉比她更像个小女孩。白雪身上有种青春的气息，瑟西觉得非常迷人，只不过，一想到母亲们多年前对白雪做了那么多过分的事情，她不禁觉得自己配不上白雪的体贴。白雪是一名了不起的女人，她拥有一颗宽容的心，甚至能够原谅那位曾经企图谋杀自己的后母。

"你知道吗？白雪，你是我最好的朋友。"瑟西说道。

"你也是我最好的朋友，亲爱的瑟西。"

她们俩依依不舍地拥抱彼此，瑟西很不想离开白雪身边："要是你在童话书里发现任何重要的情报，你都会告诉我吧？"

白雪低下头来看着拿在手中的书："我当然会让你知道。好了，快去找南妮吧！记得替我向她问好。"

瑟西亲吻了一下白雪的脸颊，接着对屋子施展一道防护魔咒以后，便前往城堡的方向。

虽然瑟西一步步迈向城堡，但她的心仍留在白雪身边。她回过头来看着房屋，在浪涛汹涌的海浪背景下，屋子的轮廓相当鲜明，其屋顶形状像一顶女巫帽，外墙是深绿色的，每扇窗户都挂着黑色百叶窗。那里根本就是白雪最不可能出现的地方……沉浸在自己思绪与眼前美景的瑟西忍不住笑了起来。她好怀念晨星王国，想念光芒四射的灯塔以及闪闪发亮的大海，瑟西离城堡越来越近，心跳突然加速，因为她已经能看到南妮与仙女教母远远地站在城门外，她们俩似乎正在讨论什么重要的事情。瑟西加快脚步，但立刻被一股不知从哪冒出来的声音给吓住。

"嗨，瑟西。"瑟西在原地转了一圈，想知道那股声音究竟是从哪里发出的。接着她感觉有团毛茸茸的东西在她脚边磨蹭。

原来是普兰兹，古怪三姐妹养的玳瑁猫。它是一只拥有黑、橘、白色斑纹的漂亮猫咪，而且还懂传心术。

"普兰兹！"瑟西雀跃欢呼，不过普兰兹的反应倒是比想象中冷淡。普兰兹抬起头来眯眼看了看瑟西，然后将重心转移到另一个软绵绵的猫掌上。

在瑟西懂事以前，普兰兹就已经在家里了。当瑟西年纪还小的时候，她经常觉得这只猫几乎就像另一个姐姐，而且是家中最冷静、最有智慧也最神秘的姐姐。但普兰兹身上的秘密甚至比瑟西揣测的还要多更多，那些事迹都写在母亲们的日记里。一直以来，瑟西总觉得自己和普兰兹很有默契，然而这天感觉却不太一样。

"我对你很失望，乖宝贝。但现在没时间讨论我有多伤心，我得回去你母亲们身边，她们一直在等你，我们都在等你。"普兰兹用传心术说道，用不满的眼神看了她一眼。

"我知道，普兰兹，真的很抱歉，但我之前被困在起源之地。"

普兰兹眨了眨眼。"所以，那栋屋子把你带到它诞生的地方，而你为了离开那里，于是决定夺走你母亲们的力量？"

瑟西不明白这只猫咪在说什么："才不是这样，普兰兹！我根本就不知道夺走母亲们的力量能让我们离开起源之地，所以事情并不是你说的那样好吗？"

"也就是说，崇高的瑟西是出于高贵的理由才剥夺母亲们的力量。我明白了。如果是这样的话，就表示你还有很多事情都不明白。当你完全夺走你母亲们的力量以后，她们曾经施展过的咒语全部都会自动解除，包括施加在屋子里的保护魔咒，这就是为什么你们能够重返王国，这些知识真要聊的话会没完没了。瑟西，你需要学习的东西还很多，而那些东西并不是全部都写在日记本里，白雪正在阅读的那本童话书也只记载了其中一小部分而已。说到白雪，要是你母亲们知道白雪就大剌剌坐在家里，随便拿她们的物品……你能想象她们会有多生气吗，瑟西？"

但瑟西才不在乎母亲们会怎么想。

"喔，那很好呀，瑟西。"普兰兹用讽刺的语气说道。

瑟西过去一直认为她和普兰兹对于露辛达、鲁比和玛莎的看法是一致的。当然，这只猫也很爱她们，但瑟西记得普兰兹也好几次对古怪三姐妹的闹剧感到厌烦，甚至为了摆脱她们，干脆接连数日都出门在外不回家。可是普兰兹现在却似乎比以往还要更忠心耿耿。

"我对你母亲们一直以来都很忠心，瑟西。一直以来。你可别忘了，早在你出生以前我就已经待在她们身边了。我亲眼见证她们为了挽回你所经历的一切。我目睹她们精神状态逐渐恶化成现在这副模样，全都是为了她们最宝贵的瑟西。你认为她们单纯只是想摧毁所有她们觉得碍事的人？你认为她们单纯是冷酷无情的凶残怪物？听好了，我也可以对你说同样的话，因为是你害她们变成这样的，瑟西。所有事件都是因为你活着而引起的。如果她们内心已经没有任何良善，那是因为她们全都给了你。要记住，你就是她们，伤害她们，等于你在伤害你自己。"

　　瑟西不知道该说些什么才好。普兰兹的话非常伤人，她听完后觉得自己的心差点破碎。那感觉就像她的心是母亲们手中的一面镜子，每一次她感到心痛，镜面上就多一道裂缝。她不晓得这面镜子在变得支离破碎之前还能撑多久，也不知道这些心痛所导致的裂痕要等到什么时候，才会像格林海德曾经在童话书里形容过的那样，突然爆碎开来令人心如刀割。

　　"为什么她们那么讨厌白雪？"瑟西最后问道。

　　普兰兹舔了舔爪子，用她独有的招牌表情看着瑟西。瑟西可以感受到普兰兹对于自己竟然不晓得原因而十分惊讶。

　　"我只能告诉你，这件事从头到尾其实都和格林海德没有关系。要不是格林海德在冬至晚宴上将她们赶出城堡，还在整座宫廷的人面前羞辱她们，她们也不会把仇恨从白雪暂时转移到格林海德身上。否则，她们憎恨的对象一直以来都是那个乳臭未干的小鬼。"

"不准那样叫她！"

普兰兹所看着的，并非瑟西脸上愤怒的表情，而是看进她的内心。

"原来你真的不知道为什么你母亲们想除掉白雪，也不知道为什么她们到现在还是想要她死！你被困在起源之地的这段时间到底都在做什么？你不是一直都在读她们的日记吗？看来你对于那几个被你判处梦境隔离的女人根本一无所知。"

"你愿意陪我一起走回城堡吗，普兰兹？"

普兰兹没有回答。她的沉默刺痛了瑟西的内心。

"那我母亲们的身躯呢？你真的对我那么生气，气到宁可把毫无防备之力的她们丢在日光温室里，也要特地跑来骂我？"

普兰兹仍不回答。

"不回答就算了，但别以为这段对话就这样结束了。"

"喔，我认为已经结束了。如果你想知道为什么你母亲们这么痛恨白雪，你可以叫那个乳臭未干的白雪王后在她们的日记里找找看，她会在其中一篇专门讨论格林海德的篇章里找到答案。我猜你口袋里应该有一面随身携带的魔镜，随时可以跟那个王后联络吧？"

"我有。"

"原来如此。所以当你需要时，就不反对使用你母亲们的魔法呢。但你以为把白雪关在屋子里是在帮助她吗？让她孤独一人，只给她一面能用来沟通的镜子以求心安？难道你不觉得这听起来很讽刺？"

瑟西还来不及回嘴，普兰兹就转身跑掉了，只留下她一个人站在原地，她感到难过与寂寞。她一直以为普兰兹是个可靠的对象，然而这只猫的内心明显已有所变化了。

瑟西好想念白雪。自从母亲们的屋子将她们带到起源之地开始，她们就一直都在一起。尽管这趟飞天之旅才短短几天，感觉上却像经历了一辈子。那几天她觉得自己离晨星王国、晨星与南妮等人特别遥远，因为她只能透过童话书得知她们的近况，无法亲自陪在她们身旁一起收拾母亲们留下的烂摊子。就在此时此刻，瑟西才意识到她有多么想念并依赖南妮，她爱这位老妇人。一想到当时她丢下南妮一个人去处理那么多问题，瑟西就感到相当难受。如果连南妮都生她的气，她恐怕会承受不住。瑟西望着远方的南妮，内心强烈渴望回到南妮身边。

接着她还不明白是怎么一回事，自己已经神奇地置身于南妮怀里，感受到满满的爱与关怀。

南妮热泪盈眶说道："喔！乖女孩，真抱歉当时我认为你母亲们还是继续留在梦之地比较好，我知道这想法伤透你的心。希望你能明白之所以那么做，全都是因为想保护你而已！"南妮一遍又一遍亲吻着瑟西脸颊，然后用那双柔软得不可思议的手捧着瑟西的脸。

"我也很抱歉！对不起，南妮，当时我对你弃而不顾。我现在才明白许多道理，也终于理解我们确实得对我母亲们做点什么才行，否则她们不懂收敛。你只是担心我，所以才会那么想！真的很抱歉，当时我那样冲出去，只独留你一人在这里应付玛琳菲森。你能够原谅我吗？"

南妮注视着瑟西悲伤的双眼："喔，乖女孩，没什么原谅不原谅的。是那栋房子把你给带走的，不是你自愿离去的。更重要的是，你的魔法怎么突然出现这么惊人的成长？"

"什么意思？难道是我瞬间移动到这里的吗？"瑟西注意到南妮脸上露出担忧的表情，"我以为是你将我从那一头移动到这里的。"

南妮摇摇头："不是我，亲爱的，施展魔法的人是你。而且我想刚刚那招不是单纯的瞬间移动术而已。"

瑟西困惑地眨眨双眼，但她现在满脑子只想着，能够再次见到亲爱的南妮是多么令人开心的事，而且南妮似乎永远都不会变，即使才刚经历黑魔女的死亡，而且正忙于修复严重受损的城堡，南妮的眼神仍充满活力与关爱。

南妮说道："你能够回到这里我真的太高兴了，亲爱的。我想听你和白雪一起经历的所有冒险，以及你在高瑟故事里得知了什么消息。"但瑟西还来不及答话，她们就听到仙女教母从远处传来的尖叫声。

"姐姐！姐姐！"她心慌意乱地叫喊着，"大事不妙了！大事不妙啊！"

仙女教母跌跌撞撞跑向她们，整个慌了手脚。她似乎原本打算跑到她们身边，但中途又改变主意转身跑往反方向，她就这样来来回回拿不定主意究竟要往哪边跑。

"她还好吗？发生什么事了？"

南妮和瑟西一块跑到花园里，仙女教母浑身颤抖，慌慌张张抓着一封似乎是刚送过来的新信件一读再读。"妹妹！到底出什么事了？"南妮问道。

仙女教母抬起头来，表情充满惊恐："奥伯隆来信，古怪三姐妹可能正尝试将玛琳菲森从冥界召唤回来，要与她们站在同一阵线。"

瑟西感到内心一阵恐慌："她们办得到这种事吗？我怎么不知道她们有起死回生之类的能力？"

南妮皱起眉头："我也不知道，亲爱的。她们或许有也说不定。"

仙女教母直到现在才注意到瑟西回来了："喔！瑟西，亲爱的。你平安无事真是太好了！可怜的女孩，吃了那么多苦头！"瑟西回过神来时，自己已经在仙女教母的怀抱里，她没想到仙女教母的拥抱跟南妮一样温暖，同样充满安慰与关爱，这让瑟西受宠若惊。虽然露辛达、鲁比和玛莎也很爱她，但她们爱得太猛烈，爱到令人喘不过气。母亲们的爱，和从南妮与仙女教母身上感受到的爱是截然不同的。南妮与仙女教母的爱很纯粹，没有任何人会因此被牺牲，也没有不惜一切代价也要保护她的贪得无厌等邪念。瑟西怀疑自己是否配得上这么纯净无瑕的爱。

"来吧，亲爱的。我们先找个地方坐下来。"南妮说完后，带领瑟西走向花园中的一间温室，这间温室是由一片片透明玻璃窗所建成，上方是高大的玻璃圆顶天花板，美得令人惊艳。落地双扇玻璃门通往一座茂盛的室内花园，四处绽放着玫瑰、紫藤、忍冬与茉莉等花，浓郁的花香令瑟西感到有些头晕。进入室内花园后，她们便在一棵开满粉红色与蓝色花朵的大树下舒服地坐了下来。

"我记得这棵树开的花不是这种颜色才对。原本是白色的，不是吗？"瑟西若有所思地说。

南妮笑呵呵地翻了个白眼，"这是那三个善良仙女的杰作。爱洛婚礼一结束，她们就赶回来帮忙了。"

"喔，她们还在这里吗？"瑟西问道，眯起眼睛在花园里寻找她们的踪影。光是仙女教母在她身旁就已经够奇怪了，要是还有更多仙女在场的话，她还真不知道该如何是好。毕竟，玛琳菲森离世也不过是不久前的事而已。白雪说得对，她还没把至今发生过的事情全都消化完毕。瑟西对那些仙女的心情感到矛盾，要是她们当初对待玛琳菲森的态度没那么残酷，玛琳菲森或许就不会摧毁仙境，也不会走投无路转向古怪三姐妹求助，那么玛琳菲森就不会创造出爱洛，也不会在这过程中逐渐失去自我。至于她那好管闲事的母亲们，如果她们当初没有背地里操纵并利用高瑟，那么高瑟现在可能已经和她两位姐姐一起成为死亡森林的统治者了。这一切原本都可能有不同的结局。

"亲爱的，现实总是比想象还要复杂许多。静下心来，别纠结于可能发生却没发生的事情上。"

南妮先用传心术安慰瑟西，接着温柔地拍拍她的手，"那三位善良仙女正陪着晨星、奥伯隆和树王们，一起努力治疗伤员。"南妮轮流看着仙女教母和瑟西，显然在担心她们俩，瑟西显然有很多问题想问、有很多话要说，但她们现在又再度卷入她母亲们掀起的新风波。

南妮觉得她最好在仙女教母变得更惶恐不安之前，先弄清楚到底发生了什么事，于是问道："也许我们应该先确认一下你母亲们在梦之地的情形，看看她们在做什么？"瑟西从口袋里拿出手镜，她很害怕看见她们，但要是她们真的打算将玛琳菲森从冥界拉回来的话，那将有助于她决定该怎么行动。她对母亲们的恶行姑息太久，现在是时候制止她们离经叛道与狡诈的行为了。

"将古怪三姐妹显现至我眼前！"瑟西说道，呼吸变得急促。

但镜子里没有出现古怪三姐妹的身影，取而代之的是眼熟的绿色火焰。

"你觉得你母亲们有可能真的让玛琳菲森起死回生了吗？"南妮满脸担忧地问道。

"要是母亲们真的将可怜的玛琳菲森复活，我永远都无法饶恕她们！要是玛琳菲森连死后都不能安息，肯定会让南妮心痛到不行。"

瑟西心里想着，紧紧握住镜子的把手，用力到镜子快被握碎。

"是你吗？"瑟西声音颤抖着问道，"玛琳菲森？"

"不是。"火焰中出现一张熟悉的苍白面孔，她脸上有双大大的黑眼睛，"我在镜中世界还没看到过黑魔女，我相信她已经与世长辞了。"

"格林海德！"南妮从瑟西战栗的手中夺走镜子，"你想要做什么，女巫？"

"我想要的当然是我女儿。我给你们一天的时间将她送回我身边，如果明天同一时刻，她还没有安全回到城堡，那么你们就有得受了。"

"你这么做，白雪永远都不会原谅你的！"瑟西低声说道。

"你这狡诈、疯狂、悲惨的孽种，胆敢替我女儿发言！给我听好了：如果我女儿没回到我身边，我必定会降灾到你们身上，时限就到明天为止！"

语毕，邪恶王后的面孔消失在绿色迷雾中，留下又惊又怕的女士们。

第 **3** 章

我们母亲们的罪

自从瑟西出发前往城堡以后，白雪就一直埋首苦读童话书，现在她决定稍微休息一下并泡壶茶来喝。她不断重读高瑟的故事，反复思索古怪三姐妹说过的某些话，她对那些话十分在意。内容大致上是古怪三姐妹对高瑟说了一些有关高瑟的母亲玛妮亚的事，白雪认为她们当时话中有话，似乎还隐藏着什么没说。虽然古怪三姐妹说话经常就是这个调调，但露辛达在高瑟生前最后几日对高瑟说过的话，不知为何一直在白雪的脑海里挥之不去，因此白雪觉得那是个需要解开的谜题。长时间阅读让白雪双眼感到相当疲倦，她眯起眼睛看向厨房圆顶窗户外照射进来的阳光，而窗外可以清楚看见一棵苹果树。许多年前，母亲曾企图拿毒苹果使她陷入永远的沉睡，她好奇母亲当年会不会就是从窗外那棵苹果树上摘下苹果的。

　　"白雪。"

凭空出现了一个声音，白雪有点慌张地转起圈子，试图寻找声音来源。她该不会只是稍微想了一下关于母亲的事，结果就不小心将她召唤出来了吧？白雪突然对母亲感到十分畏惧，她觉得自己又变回当年那个害怕且孤单的少女。

　　"是母亲吗？"

　　"不，白雪，我是瑟西。"白雪听到后放心多了。

　　她环顾四周，想找出瑟西的声音是从哪发出来的。接着她找到了。瑟西甜美的脸蛋就出现在她放到厨房餐桌上的手镜里。

　　"喔，我看到你了！一切都还顺利吗？"白雪边问边拿起手镜。

　　"是的，亲爱的。一切都很顺利。我只是想看看你罢了。"

　　"我很好，瑟西，真的。发生什么事了？你感觉有点心烦意乱。"

　　"你母亲没联络你吧？白雪，你看起来好像很害怕，怎么回事？"

　　"我真的没事，瑟西，倒是我母亲怎么了？她做了什么事吗？"

"没有，亲爱的。我只是……我只是以为我听见你提到她而已。没事，别担心。很抱歉打扰你，我们这边出了点状况，所以我的脑袋被搞糊涂了。"

"你没有打扰到我，瑟西。你们那边出了什么状况？和我母亲有关吗？"

"没有。"

白雪看得出瑟西想隐瞒些什么事："瑟西，我很爱你，但你不能一直把我当作需要保护的小孩来对待。我母亲就是这样对待我的。所以请你老实告诉我，究竟发生了什么事？"

"我们刚才收到奥伯隆的警讯，说我母亲们可能正在寻求脱离梦之地的门路，这消息让我很担心，就这样而已。"

白雪听完后感到一阵眩晕，她一只手先压在桌上稳住身子，接着再坐回到椅子上。"怎么做？她们还有脱离梦之地的门路吗？"她看得出瑟西面有难色。

"奥伯隆只说了这么多，我们还在打听有没有更进一步的消息。不过我保证你很安全，白雪。我们甚至不知道她们是不是真的在计划此事，也有可能她们只是想找找看，有没有够厉害的女巫能穿越梦之地执行她们的命令罢了。我们什么都还不确定。"

白雪听得出瑟西尚未将实情和盘托出："但会是谁呢？她们能找哪个女巫来帮她们？我母亲吗？"瑟西一听见白雪这么说，便赶紧换了表情。

"我不认为格林海德愿意帮我母亲们。不，仙女这里得到的消息是，她们企图复活玛琳菲森，并且要她跟她们一起联手对抗仙女。所以仙女们这边认为她们的目的是要让玛琳菲森起死回生。"

白雪心生一股诡异感。她的直觉告诉她，瑟西所说的不仅是事实，而且很有可能会成为现实："老实说，瑟西，自从我们读过高瑟的故事以后，我心里就一直有个奇怪的预感，只是我没有向你提过这件事。"

瑟西从镜子的另一面瞪大眼睛看着白雪："什么预感？你怎么没告诉我？"

"等等，我去拿一下童话书，那是我在高瑟的故事里读到的东西。"白雪站起身来，将镜子在桌上立起来。她迅速取了书回来，把书翻回稍早她一直在读的其中一页。但那一页的内容又变得与之前不同了。白雪深呼吸一口气，把书举到镜子前方，好让瑟西可以看清楚。那一页现在只剩下一行字，上头写着：本故事仍在进行中。

"我想找的那一页故事不见了！"白雪移动一下镜子，以便看清楚瑟西的反应，"那一页就这样消失了，取而代之的是这一行文字！你觉得这句话是什么意思？"

白雪从瑟西的表情看得出来她也毫无头绪。虽然白雪心里已经有几套理论，但瑟西正忙着处理她母亲们引起的混乱，她不希望在这时候分散瑟西的注意力。白雪忽然觉得自己在此时提起这件事实在很傻，于是她暗自发誓要靠自己来处理这件事："放心吧，瑟西。我会把我原本想找的那一页故事给找出来的，等我找到就马上通知你。现在去做你该做的事吧，我相信南妮和仙女教母一定也正在手忙脚乱。"

"对，光是思考该如何处理我母亲们，就已经让我们很头痛了。而且南妮最不乐见的，就是和玛琳菲森再度交战，毕竟玛琳菲森是她视如己出的养女，如果母亲们真的打算复活玛琳菲森，我永远都无法原谅她们。光想就太叫人难过了。"

白雪点点头表示同意："去吧，瑟西，请多保重。我一个人不会有事的，还有很多东西等着我读呢！"

"谢谢你，亲爱的白雪。我爱你。"

白雪知道瑟西脸上挂着笑容，但内心其实充满了沮丧：

"我也爱你，瑟西。要是我有什么新发现，会立即通知你。"

虽然嘴上这么说，不过白雪知道即使有什么发现，大概也不会告诉瑟西了。她对古怪三姐妹的行为是有些大胆的猜测，但除非她能肯定那些猜测是对的，否则她不想说出来给瑟西增加多余的心理压力。

除此之外，白雪认为继续待在这里也不会有什么新发现，除非她能去高瑟的藏书室一趟。她多么希望自己能再早点注意到这件事，那么当初在探望蒂德巴顿太太后就不会直接返回晨星王国了。看来，现在她得想个借口回去那里才行了。

第 **4** 章

仙女的职责

瑟西回到温室里，里头阳光灿烂，南妮和仙女教母仍坐在原来的位置上喝茶。敞开的玻璃门通往室内百花盛开的花园。原本正在跟仙女教母谈话的南妮，一注意到瑟西回来便抬起头来看向她。

"瑟西，你和白雪谈完了吗？她母亲有联络过她吗？"

"不，我不认为格林海德有办法联络上白雪。我给屋子施展了防护魔咒，任何人都无法进到屋子里，就算透过魔镜也不行。只有我进得去。"瑟西一边说一边坐下。她动手给自己倒茶并拿了些甜点，却又没有胃口去动它们。另外两名仙女看起来愁眉苦脸的，她们双眉紧锁的样子如出一辙，这是瑟西初次发现这对姐妹的相似之处。她们俩的外表看起来虽然不像姐妹，不过从互动方式中却看得出来，她们有一些完全相同的习惯性动作。不止这些，还有其他难以言喻的原因，使她们看起来确实就是一对姐妹，但瑟西也说不出个所以然来就是了。瑟西注意到这对仙女姐妹的感情变得比之前更深厚了，而这份手足情深的情谊肯定是在玛琳菲森死后才形成的。

正当瑟西将茶缓缓倒进有着精致玫瑰花图案的茶杯时，南妮问道："你有跟白雪说她得回去的事吗？"瑟西摇了摇头，其实她原本是有这个打算的，但就是开不了口叫白雪回去过原本的生活。瑟西想要等到白雪做好心理准备，等她变成更坚强的女人后，才能让她回去面对占有欲过强的母亲。除此之外，既然瑟西知道原来母亲们最初憎恨的对象是白雪，只不过当时格林海德的出现才暂时转移了她们的目标，因此她比平常更想把白雪留在身边。

"早知道当初就不该让那个女孩来这里了，真糟糕。"南妮说道，举着茶杯的手颤抖着，茶水都洒到桌布上了。

"她已经不是小女孩了，而是成熟的大人了！不然你希望我怎么做？把她送回那糟糕透顶的母亲身边吗？她母亲曾因为企图谋杀她而总感到自责，难道叫她这辈子都只能不停安慰她母亲？那算什么生活！"瑟西看见南妮露出难过的表情，于是努力抑制自己的愤怒，"南妮，很抱歉，但我真的无法告诉白雪，她母亲曾跑来恐吓我们。白雪听了一定会坚持要立刻离开这里。"她说道，同时注意到南妮的情绪不是单纯的难过而已，"南妮，你还好吗？你多久没好好睡觉或吃正餐了？你的双手都在发抖呢！"

南妮温柔地拍了拍瑟西的手，那粉嫩的肌肤让瑟西觉得就像一层薄薄的牛皮纸。瑟西突然觉得南妮看起来好娇小，甚至可以说虚弱。见到南妮如此疲惫的模样，瑟西感到十分担忧，她真想立刻拿棉被将南妮裹起来放到一张舒服的床上，然后再塞上一堆柔软的枕头。瑟西不禁想对南妮施展睡眠术，好让眼前这位老妇人好好休息一下，安安稳稳地做个美梦。

"瑟西，我现在最不需要的，就是和你母亲们一起困在梦境里。格林海德王后将会竭尽全力夺回她的女儿，而且万一你母亲们真的找到方法让玛琳菲森复活了，到时你们会需要我的力量。"南妮疲倦地说道。

仙女教母惊慌失措地问："你说和古怪三姐妹一起被困在梦境里是什么意思？谁说要把你送去梦之地？"

"没事，亲爱的，抱歉，我忘了你不会读心术。我只是在回应瑟西，她认为我需要用魔法好好睡上一觉。"

仙女教母听完后打了个呵欠："嗯，我想我们都很需要。毕竟城堡不久前才被巨龙袭击过，阴魂不散的格林海德又跑来恐吓我们！你们也知道这一切都是谁害的吧？"

仙女教母稍微停顿了一下，对瑟西露出歉意的微笑并继续说道，"恕我直言，亲爱的，但这一切都是你母亲们的错！只要有我们在的一天，她们就休想逃离梦之地！"仙女教母摇摇晃晃地站起身来，踉跄着脚步走到瑟西面前，一把抢走她手上的魔镜，用几乎听不见的声音咕哝道歉，"抱歉，亲爱的，希望你别介意。但在你母亲们复活所有害死过的人，并想办法联手对付我们之前，我们必须抢先一步找到她们才行！"

瑟西忍不住翻了个白眼："没那么夸张吧？我母亲们又没有让死者复活的能力！就算有，大概也就只能复活玛琳菲森一人，毕竟她才刚去世没多久。至于乌苏拉，肯定是不可能的。"虽然瑟西对自己所说的话也有几分怀疑，但她更无法接受仙女教母说的话，因为对方太过装模作样并且开始变得死板。

"她们都能把格林海德的灵魂囚禁在魔镜里了！谁知道她们是不是还藏着什么不为人知的黑魔法？乌苏拉跟玛琳菲森随时都有可能突然冒出来袭击我们！"听到仙女教母这么说，瑟西横眉怒目地看着对方，但什么话也没说，只是叹了口气。"怎么？想说什么就说啊！"仙女教母厉声喝道，满脸不悦地瞪着瑟西，像是突然间变了个人。

"好吧。我只是在想，要是当初有仙女好好保护那些女人，或许她们就不会死了，也不会沦落到被我母亲们任意摆布！"

仙女教母听到这番话，看起来像是差点要当场晕过去："女孩，你知道你在说什么吗？"瑟西试着用最温柔的语气说道："我的意思是，我们应该重新考虑仙女的魔法该用来帮助谁，帮助所有受苦受难的人，不就是我们的职责吗？"

"要是我没记错的话，"仙女教母精明地答道，"你还没答应要接受祈愿仙女的名誉头衔。如果你打算以仙境的名义去帮助像她们那样的怪物，那么我想我可能得重新考虑一下这个提议是否恰当！"她用责备的眼神看着瑟西。

就在这时，晨星突然奔进温室里，笑容满面地说道："不知道奥伯隆听到会怎么想呢？"

仙女教母听见奥伯隆的名字不禁倒退一步，回想起他刚抵达晨星王国时对她的训斥。瑟西忍不住暗自窃笑，接着对晨星的穿着露出微笑，她猜那套服装八成会激怒仙女教母，因此抱着幸灾乐祸的态度等着看好戏。果然，她猜得没错。

"天啊！你看你穿的都是些什么啊？小女孩！"仙女教

母气得浑身颤抖，但晨星只是一笑置之，瑟西则努力不让自己大笑。

"喔，瑟西，能再次见到你真是太令人开心了!"久别重逢的两位少女互相亲吻彼此脸颊，为重聚的喜悦开怀大笑。尽管嘲笑别人令她们稍感内疚，不过她们的笑声多多少少是对仙女教母好笑的反应发出来的。

"晨星，好久不见!跟上次见面比起来，你已经变成相当出色的淑女了!"晨星看起来神采奕奕的模样。

"我倒觉得她一点也不像一名淑女!"仙女教母气冲冲说道，"竟然跟男人一样穿着裤子!成何体统!"不过晨星对仙女教母大惊小怪的态度只是一笑置之。

"不然我该穿什么才方便为树王们到处奔走呢?奥伯隆也觉得我穿这样很合理。"

仙女教母对晨星皱起鼻子："你穿着裤子在树王们面前跑跑跳跳，你的王子看了难道不会感到难堪吗?淑女竟然穿裤子!再说，亲爱的，你现在应该开始准备婚礼了，不是吗?"

晨星对仙女教母报以灿烂的笑容，努力克制自己别对眼前这位好管闲事的老妇人感到不耐烦："如果你真的想知道答案的话，亲爱的波佩杰王子也认为我这样穿很合理！另外，我现在并没有打算要嫁给他或嫁给任何人。为了修复战争后遭到破坏的土地，我和奥伯隆还有许多工作要做，哪还有时间停下来筹备婚礼呢？说真的，仙女教母，别这么古板嘛。"

南妮笑着说道："你可别让你母亲听到你这样说话，我想她会同意我妹妹的看法。"

"她肯定会同意我的看法！"仙女教母厉声说道。

瑟西打断她们的对话："你们俩别争了。我觉得晨星这样看起来很美，更重要的是，她看起来很开心！就跟我一直期许的一样，现在的晨星过着自己选择的生活，而且她说得对：奥伯隆应该也同意让仙女的庇护扩大到公主以外的对象。"

"听好了！我可不会眼睁睁地看你们联手起来对付我！"仙女教母转头望向南妮，尖声叫道，"我猜你八成也是站在你的金发美女们那一边吧，姐？"

"恐怕必须如此，妹妹。你应该早就心中有数了！这是我长期以来对我们仙女一族抱有的期望。"

瑟西为南妮感到十分骄傲："我想现在就是做出决定的时刻了，只要有人需要帮助，在力所能及的范围内，我们就应该伸出援手。"有了南妮与晨星在背后撑腰，瑟西志得意满说道。

"像这种事情必须先提交到仙女议会上才行，瑟西。但我可不想在这时做任何可能惹其他仙女不开心的事。"仙女教母答道。

"这又是为什么呢？"瑟西接着问，南妮和仙女教母的表情却同时变凝重，瑟西得意的笑容消失了，"怎么了？难道你们有什么事情瞒着我吗？"

"瑟西，"南妮语气温和地开口说，"我们有件事得告诉你。仙女议会……"

"正准备审判你的母亲们！"仙女教母抢着接话，语气甚至有点开心，"仙女们集体对她们提出了指控。"

"审判？什么意思？我们现在不是应该把重点放在防止她们逃离梦之地吗？同时还得防止她们让死者复生，不是吗？"瑟西因沮丧而不自觉提高音量。

仙女教母答道："我们得按部就班妥善处理这些事情，瑟西！因此议会必须介入调查才行。你的母亲们必须先进行审判，接着我们才能对她们采取下一步行动。上一次因为没有把所有问题都考虑清楚，就把你母亲们送去梦之地，结果惹得奥伯隆非常生气。所以这次我们会事先进行审判，避免重蹈覆辙。"

"你们打算等到什么时候才告诉我这件事？你们甚至有考虑过问我要不要出席吗？"

仙女教母从头到脚仔细打量瑟西一遍："我原本打算问你，但听了你刚才说的那些话以后，我不确定这是不是个好主意。看来话题只要一涉及你母亲们，你就变得不是那么客观公正了。"

"等等，妹妹，别忘了是瑟西亲手夺去她母亲们的力量，并将她们困在梦之地的。她也许做不到完全公正，但她和我们一样希望看到正义得以伸张。我们都是站在同一边的，但如果我们开始闹分裂，就什么问题都无法解决了。"接着南妮转向瑟西，"至于你，亲爱的，我只能跟你说，尽管我也是千百个不愿意，但这件事确实应该要进行审判才行。我们必须共同决定该如何处置她们。"

仙女教母得意扬扬地咧嘴而笑："那么，一切就这样决定了。古怪三姐妹的问题将在仙女议会上处理。"

"但总得有人去查出我母亲们究竟在打什么鬼主意吧？必须要有人去阻止她们才行！更多更危险的事眼看就要发生了，我们怎么能把时间浪费在这场荒谬的审判上？我们都知道她们做了许多应受谴责的事，根本没必要去一一证明！"瑟西变得越来越不耐烦。

"你说得对，亲爱的，我们确实不需要证明她们做过什么。但我们亟须决定她们得为自己的罪行付出什么样的代价。我们必须决定该如何制裁她们，并确保她们永远无法再度制造像这次的破坏。"仙女教母的眼神开始变得不怀好意，"我相信那三位善良仙女也会出席。"

"喔，她们当然恨不得出席！"瑟西差点口出秽言。她对仙女教母已经失去所有耐心了。该如何处置她母亲当然是由她做主，哪轮得到那些仙女来决定。

能读到瑟西内心话的南妮赶紧伸手拉住她："亲爱的，请别担心。你就留在这里想办法阻止你的母亲们，让我代替你去仙境出席议会吧。你信任我吗？"

瑟西微微一笑："我当然信任你。"

"那么，就让我来帮你吧。除此之外，我也已经很久没有回出生地了，也许这次回去，会让我对那地方有所改观也不一定。"

第 **5** 章

祭悼盒

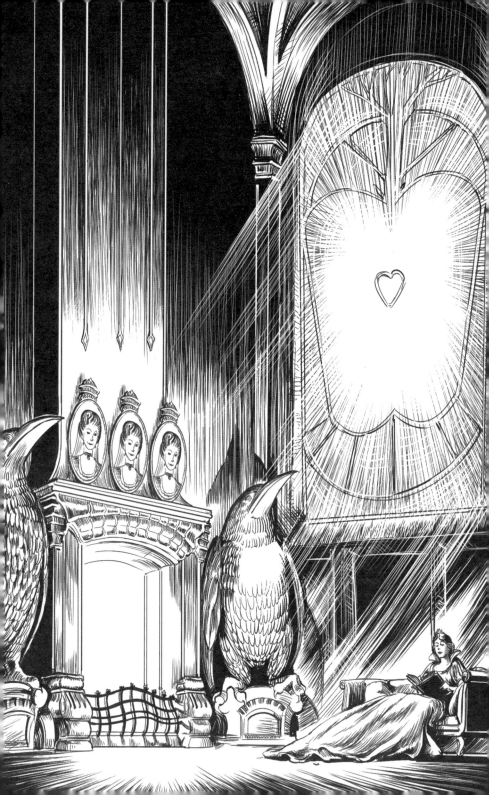

自从白雪读完高瑟的故事后，心里充满了各种疑问，因此她翻遍古怪三姐妹所有的书籍，试图寻找更多有关死亡森林的资料。她好奇古怪三姐妹究竟是如何突破玛妮亚施展的重重结界，居然能在死亡森林中进进出出、来去自如？但比起这个问题，更令白雪在意的是，露辛达对高瑟说过的话。古怪三姐妹怎么会如此了解死亡森林与其历代冥后的事情呢？为什么露辛达甚至比高瑟本人还清楚高瑟的童年往事？

　　不过当白雪想在童话书里找回那些相关段落来看时，她发现一件更加令人不安的事：书上出现一篇她之前没读过的故事。白雪拿起热茶蜷缩在她最喜欢的红色双人沙发上，希望能够从这篇故事里找到她一直在寻找的答案。

祭悼盒

在死亡森林最深处，住着一户女巫。

冰冷的灰色石砌宅邸坐落在森林里最高的山丘上，以便她们将亡者之城尽收眼底。亡者之城笼罩在死气沉沉的枯树阴影下，一排排墓穴和墓碑绵延不绝。森林周围环绕着茂密的魔法玫瑰丛，将凡人阻挡在外，只有极少数人被准许进出。

森林里住着两名女巫，她们俩已经活了好久好久，久到连她们自己都记不得自己究竟几岁了。后来第三名女巫出生了，而故事就发生在第三名女巫才刚诞生没多久。这个刚出生没多久的女婴是玛妮亚的独生女，玛妮亚则是众人畏惧的现任冥后纳斯蒂的独生女。虽然统治过死亡森林的历届冥后不计其数，但纳斯蒂无疑是这片森林有史以来最险恶也最强大的冥后。

尽管如此，这位最险恶的冥后仍然十分疼爱自己女儿，并努力栽培她成为下一任冥后。（这是一项玛妮亚成为冥后以后不愿欣然接受的传统，但这又是另一个故事了。）因为纳斯蒂早已预知未来将有一名伟大且强大的女巫诞生，而那份强大来自完全吸收并发挥历届女巫之血脉。纳斯蒂知道自己的女儿玛妮亚将生下她所预见的女巫，因此她对待玛妮亚的态度就像玛妮亚已经是冥后般。更重要的是，她始终认为玛妮亚将为这块土地生出有史以来最强大的冥后。现在，玛妮亚终于生下这个小女巫了。虽然这个小女巫的庞大魔力已经是众神赐予的礼物，但纳斯蒂却不知足，她还想要更多。

她想要三个小女巫。

"玛妮亚，大家都知道，长相一模一样的三胞胎女儿是最受众神青睐的。"纳斯蒂坐在她寝室里的宝座上说道。那张宝座很大，看过的人无不印象深刻，那是以有巨翅的龙为形象、用石头雕刻而成的宝座。纳斯蒂似乎总是待在这只龙的影子里，将其翅膀作为宝座的扶手，龙头则朝她左肩膀向外探出去，看起来就像它一直在她耳边悄悄给予建议。这间寝室里唯一比石龙宝座更抢眼的是冰冷的大石床，而床上同样也用石雕的龙群装饰着。

"我也知道，妈妈。但看来众神认为不应该给我三个女儿，目前这个女儿已经是很棒的礼物了。你也说过，她将成为这片土地有史以来最强大的女巫。难道我们不该为此感到满足并庆祝一下吗？"玛妮亚站在母亲面前说道，阵阵冷风吹进房间里让她直打哆嗦。潮湿的石墙寒气逼人，装饰在墙上的龙群令玛妮亚心生畏惧，她开始担心自己刚生下来的女儿，是否即将面临什么命运的考验。

"这就是为什么你还不够格取代我的位置，我黑心又歹毒的孩子啊，你向来缺乏想象力，又总是胸无大志。"纳斯蒂对自己的女儿讪笑道。

"妈妈！为什么不管我做什么都无法讨你欢心？我都已经生出我们这一族最强大的女巫了，你却还是不满意。"玛妮亚双眼浮肿，原本乌黑的秀发现在散乱地沾在她苍白的脸上。

"对，我不满意！"纳斯蒂站起身来说道，"我想要三个最强大的女巫，明天就要把她分割成三个。"

"分割她？你说'分割成三个'是什么意

思?"

"我说得够清楚了,我要把一个变成三个。"纳斯蒂走到书桌前拿起羊皮纸。

"但这会伤害她啊!如果把她的力量一分为三,那她们不就会变得一个比一个弱吗?"

"只要她们体内流着我的血就不会。她们将成为这片土地上前所未见的最强女巫。"纳斯蒂潦草地在羊皮纸上写下一些字,接着拉一拉挂在壁炉架上的铃索。

"她已经是最强的女巫了!拜托你,妈妈,请别这么做!"玛妮亚一想到自己的女儿将被分割为三个,心中充满恐惧。因为"分割"听起来很危险、恐怖又残暴。她打从心底无法接受。正当她绞尽脑汁试着找出更有说服力的理由与适当的词语恳求母亲时,一名骷髅仆人进到房间里。

"来,拿去。"纳斯蒂对骷髅仆人说道,"马上带他来我这。"说完她便打发走仆人,然后回过头看着自己的女儿,玛妮亚很好奇母亲到底在做什么,却又不敢发问。纳斯蒂继续说,"她们的统治将成为传奇。你还不明白吗?有了她们以后，未来就不需要再弄什么继承仪式了。我们可以按照我们的想象去塑造她们，教她们传统与魔法，这么一来，等轮到我们进入陨灭迷雾，也能确保这片领土将永远受到保护。我们的魔力将会在她们体内延续下去，一切都万无一失。"

"妈，求求你不要对我女儿做这种事！"

"相信我，亲爱的。我向你保证，你的小宝贝很安全，不会受到任何伤害。而且想象一下，有三个女儿可以疼爱，对你来说不也是幸福加倍？想想看，我们未来在祖先们与众神心目中将有多么高的地位？一旦三胞胎诞生，任何地方就都能受我们掌控了。"

"妈！你的意思难道是想将我们的统治领域扩大到死亡森林之外的地方吗？至今没有任何一个女巫跨越这道边界，而活着的人类则将他们亲人的尸体献给我们作为回报，这个习俗自古以来从没变过！"玛妮亚说道，她十分震惊，想不到母亲竟然想尝试这种事情。

"我们的历史轮不到你来教我，女儿！我已经跟祖先们讨论过了，如果我们能成功变出三胞胎，我将获准跨越边界。”

"这太荒谬了，妈妈！这和我们的历史、我们所学习的一切道理都背道而驰，我不相信祖先们会同意这种事。"

"你敢怀疑我？"玛妮亚没见过母亲如此愤怒。这是她第一次对母亲感到害怕，而这种畏怯不前的感觉很古怪。但玛妮亚还来不及开口回任何一句话，纳斯蒂的表情又变回先前柔和的模样。

"是我错了。是我让你产生错觉，才会让你误以为自己的意见很重要。女儿呀，我太惯纵你了，你可别忘了我才是掌管这里的冥后，而我的话才是至高无上的。要是你敢再跟我顶嘴，你一定会后悔。别再惹我生气。"

"妈，求求你。那是我女儿，我当然有发表意见的权利吧？"

"不，亲爱的，你没有。现在回去陪你女儿吧。今天就像独生女一样好好珍惜她，而我希望从明天起，便将她们当成三胞胎来珍惜。因为不管你愿不愿意，亲爱的，她都得变成三个。趁我还没真的对你大动肝火前，快离开吧。"

于是玛妮亚离开母亲的房间，上楼回到育婴房。她的眼里满是泪水，心中充满恐惧。育婴房中央有座树雕像，树枝上有个石雕鸟巢，玛妮亚的女儿在石雕鸟巢里睡得正香甜，小女婴裹在毯子里，看起来相当舒适暖和。有一群灰色的石雕乌鸦栖息在更高的树枝上，慈爱地俯视着小女婴。房间最右边有个大祭坛，祭坛上摆满画像，画中人现在都已进入陨灭迷雾了，她们是曾经统治过死亡森林的历代冥后，也就是玛妮亚和纳斯蒂口中的祖先们。

照理来讲，纳斯蒂是唯一能够和祖先交谈的人，但玛妮亚感到非常恐慌，她必须确认母亲刚刚说的是不是真话。玛妮亚内心有个声音告诉她，事实绝非如此。那个内心之声也警告过她，若她女儿真的被分割成三胞胎将招来灾祸。现在，那个声音引导她来到祭坛前方，她开启祭坛上的一个木盒，用颤抖的手点燃里面的蜡烛："尊贵的祖先们，请原谅我打扰在陨灭迷雾中的您，但我很担心您对我女儿所做的安排。"

接着一个神秘的声音凭空出现，那是令人感到心平气和的女性声音。

"我们都为你女儿的诞生感到非常开心，玛妮亚。"

虽然这位看不见的祖先声音听起来是如此温柔且和善，但玛妮亚还是感到不知所措，不知道接下来该怎么办才好。

"但对你来说，现在担忧我们对她的安排还为时过早。只要你母亲还在位，我们的意志与梦想便与她同在。"

"所以您已经允许她将我女儿一分为三了吗？"

"她不需要我们的许可就有权壮大我们的血统，玛妮亚，你也很清楚这点。"

"但如果她想将我们的统治范围扩大到死亡森林以外的地方，她就不得不征求您的许可，不是吗？"

"扩大统治范围？打从第一任冥后开始，从来没有任何一名女巫有过扩大统治领土的念头。这是什么疯狂的想法？你确定你母亲真的有此打算?"

"这是她刚才亲口说的，我不想背叛她，但我真的很担心。"

"在你来找我们说这件事的时候，你就已经背叛她了，听从你母亲的计划吧。不过我们向你保证，我们不会让这件事发展成不可收拾的局面。好了，快回去陪你的小宝贝吧。你做得很好，玛妮亚。你为我们这一族带来天赐的礼物，而我们不会让你母亲毁掉我们从古至今于此地所建立起的一切。"

"愿您安息。"接着她吹熄蜡烛，将木盒的盖子关上。一道黑烟从烛芯盘旋而上，在她面前翩翩起舞，玛妮亚呆若木鸡地站在原地，直到育婴房窗户外突然出现什么东西引起她的注意。

在窗外下方的是雅各。她的爱人。

玛妮亚一看到他，心脏便开始狂跳。他怎么会出现在那里？

"是我把他找来的。"玛妮亚猛地转身，发现她母亲已不知不觉间站在门口看着她。

"妈!"

纳斯蒂站在原地不动，她一边观察育婴房，同时钻进玛妮亚的脑海里想查出玛妮亚是否在搞什么小动作。那感觉就像有双无形的骷髅手指搜刮着自己的大脑，玛妮亚能感受到母亲正查看她的内心，试图找出她藏在心底的秘密。

　　"我闻到蜡烛的烟味。你刚才是在跟祖先们说话吗？"

　　"我只是祈求祖先们保佑我女儿。"玛妮亚望向仍在鸟巢中熟睡的女儿，声音颤抖着答道。

　　"说谎！"这是玛妮亚第一次听到母亲怒吼，她还来不及反应就被一股冲击波撞到墙上，同时也撞翻了家族祭坛，祖先们的肖像画散落一地，祭悼盒也掉落到地板上。

　　"祖先们，请帮助我！"

　　她伸手拿起木盒，但下一秒木盒就从她手中飞出去，直直撞上一只石雕乌鸦并砸成碎木，吵醒了熟睡中的小女巫。

　　玛妮亚鼓足勇气，从地上慢慢爬起来，朝哭叫的婴儿走去。

　　"不准碰她，玛妮亚！"

玛妮亚不予理会，她奔到女儿身边并将小女婴抱在怀里："不哭不哭，乖宝贝。妈妈就在这里，妈妈最爱你了。"

　　"把那孩子交给我！"纳斯蒂气到脸都变形了。玛妮亚从没看过母亲这副模样，看起来像是一头野兽，因愤怒而变得丑陋不堪，但玛妮亚丝毫不退让。

　　"绝不！我才不会把她交给你！"

　　纳斯蒂眯起眼睛，突然变得十分安静。这么做反而让玛妮亚感到不寒而栗。

　　"把他带进来！"纳斯蒂用冰冷的语气说道，玛妮亚知道纳斯蒂说话的对象不是自己。两名骷髅仆人将雅各带进育婴房里，雅各遍体鳞伤、血流不止，他被打得无法开口说话也无法靠自己走路。

　　"雅各，不！"高大英俊的雅各被抓到她面前，一脸茫然的模样。"你对他做了什么？"玛妮亚哭喊道。

　　"把你的女儿交给我，否则我就杀了他。"

　　"我绝不会把我女儿交给你！"

"这就是你的选择吗？你宁可眼睁睁看着你女儿的父亲惨死在你面前，也不愿意将那孩子交给我？"

"他才不是我女儿的父亲！"玛妮亚撒谎说道，希望能救他一命，"我女儿就跟所有在死亡森林出生的女儿一样，都是从魔法中诞生的！"

纳斯蒂哈哈大笑。

"又一个谎言！别忘了我可是无所不知的，玛妮亚！你该不会已经傻到以为我不知道你都在想什么或做什么吧？我对你的内心可是了若指掌，亲爱的，因为你的心就是我的心！你是我用魔法创造的女儿，就如你原本也应当用魔法创造出你女儿。但我同时也是命运的创造者！我之所以放任你私底下跟这男人调情并逢场作戏，因为我知道你们将为我带来这个强大的女巫。是我把这男人放在你的人生道路上的，我刻意安排他成为死亡森林与活人世界之间的桥梁。正是我的仁慈与远见才让你迷上他的，因此要是你还想留住他，我也没意见。但你给我听好了：我不准你阻碍你女儿的远大前程，也不准你妨碍我扩张领土与统治！所以，现在就把那孩子交出来，否则我就在你面前活生生割开你爱人的喉咙。"

"他才不是什么逢场作戏的调情对象！我是真心爱着他！"

"那就把孩子交给我，免得他白白送死！"

玛妮亚深吸一口气，看向雅各的眼睛，但雅各早已神志不清，站都站不稳。她不确定雅各是否明白现在究竟是怎么回事，甚至不敢肯定他是否知道自己身在何处，只知道他被母亲下了魔咒。玛妮亚深爱雅各，非常非常爱。但就算拿雅各来威胁她，她也绝不肯把孩子交出去。

"喔，请原谅我，亲爱的。"她望着他，心里如此想着。

"亲爱的雅各，我对不起你。"她紧闭双眼说道。

她知道接下来会发生什么事，但她已经做好了承受打击的心理准备，于是用尽全力将女儿紧紧抱在怀里……

白雪把书放下："后面的部分呢？"后面几页被某人从

书上撕掉了。白雪的心狂跳不已。她之前读高瑟的故事后，脑中又浮现一套理论，而那套理论恰好和她现在所读的新故事内容不谋而合。就像拼图一样，每笔新资料都让她的理论越来越接近事实。

"别妄下结论，白雪。"她告诉自己，"你还不能确定呢。"

她站起身来，开始在古怪三姐妹的屋子里来回踱步。读到玛妮亚和雅各的故事，感觉有种说不出的怪。不过白雪还是为玛妮亚心痛，毕竟玛妮亚目睹爱人死在自己面前。不晓得那个小女婴后来怎么了。

尽管白雪想假装自己不知道答案，但其实她心里早已有数。她知道那个女婴是谁，不过她还是想先找到缺失的那几页故事才能确定。她必须告诉瑟西这件事才行。

"喔，天哪！这一切都说得通了。一切！如果真的如我所想，那么……"

虽然白雪想赶紧拿起手镜联络瑟西，把自己所想的事情全都告诉对方，但她没这么做，因为她不希望引起瑟西恐慌。现在还不是时候，必须先弄清楚才行。她需要遗失的书页，她需要知道完整的故事。

就在这时，白雪突然感到一阵眩晕。屋子里的空气仿佛瞬间全被抽空，令人无法呼吸。她觉得自己必须赶紧逃离这座屋子才行，于是她跑向玄关开启大门，不料一开门就看见更恐怖的东西，白雪放声尖叫。

门阶上摆着一颗又红又亮的苹果。就像有人故意放在那里等着吓她一样，那个苹果看起来充满恶意，十分邪恶，像极了多年前她母亲给她的毒苹果。白雪砰的一声关上门回到屋内，拿起魔镜大喊："瑟西！快让我见瑟西！"她一遍又一遍地叫着，直到魔镜里传出瑟西的声音。

"白雪！你还好吗?"

"不，瑟西，一点也不好。请快回来！我好害怕!"

第 **6** 章

小鸟儿与苹果

"我不懂！到底谁会做这种事？"瑟西气愤说道，她盯着那颗不祥的苹果，还原封不动摆在门阶上。

　　"冷静点，亲爱的。我保证白雪不会有事。"南妮已经控制住场面。她们俩一起从城堡赶到古怪三姐妹家确认白雪的情况，仙女教母则留在城堡里继续修复工作，因为再过不久，她和南妮就得前往仙境去做仙女议会的事前准备了。

　　南妮环视着古怪三姐妹的屋子。屋里的彩绘玻璃生动地描绘出三姐妹的各种恶行，她好奇瑟西在如此诡异的地方长大，究竟是什么样的感觉？其中一扇彩绘玻璃窗拼出与白雪的命运纠结在一块儿的红苹果，那扇窗在前门的阳光照耀下，就像深红色灯塔般闪闪发亮，再往右的一扇彩绘玻璃窗主题则是乌苏拉亮晶晶的金色贝壳项链。接着，她看到令她心痛的彩绘玻璃图案，一群乌鸦围绕在喷着绿色火焰的龙身旁。此景让南妮为玛琳菲森的死深感愧疚而脸颊发烫，她转移视线去看其他东西，想让自己分心。有些彩绘玻璃的图案是她不熟悉的，南妮好奇该怎么做才能把那些陌生的图案和她知道的故事连接起来。她认得出粉红色玫瑰象征着野兽王子，但周围的其他图案与符号则看不出究竟代表着什么。南妮回过头再次看着玛琳菲森的彩绘玻璃窗，接着恍然大悟。

她的茶杯！

"请等我一下，亲爱的。"她一边说一边走进厨房，"有件事我一直很在意。"接着她开始在古怪三姐妹的橱柜里翻来翻去，直到她终于找到那个东西：她的茶杯。那只茶杯是多年前三姐妹去南妮家庆祝玛琳菲森生日，并留下来看玛琳菲森参加仙女考试时偷走的，"哈！我就知道！"

瑟西和白雪困惑地看着南妮，究竟是什么东西比那个来路不明的苹果更值得她关心？她究竟在找什么？瑟西问："南妮，你在那里找什么？"

南妮转过身来，满面通红："抱歉，亲爱的！我一直怀疑你母亲们是否拿走了我的茶杯，结果发现果然没错。为了安全起见，我想先拿回这只茶杯，毕竟我们还不知道她们收集这些茶杯究竟有什么企图。"

瑟西点点头："原来如此，请自便吧。"接着她清了清嗓子并回过头盯着那个苹果看，暗示说现在那个水果比茶杯还急迫。

"没错，你当然是对的。"南妮赶紧将注意力转回到苹果上，"那个苹果是无害的，我没有感受到它被施了什么魔法或下毒药。"

"是的！我已经猜到它无害了。问题是，谁把它放在那里的？可怜的白雪都被吓哭了呢！而且既然现在都发生这种事了，你可别说为了安全起见，最好还是送她回家了，南妮！"说着说着，瑟西自己也快哭了。

"那当然，我同意你的想法，我们得把她留在身边以便保护她。"

"请问我对发生在我自己身上的事有发言权吗?"白雪捡起苹果并握在手里问道。

瑟西赶紧回答："当然有，抱歉，白雪。但话说回来，为什么你会离开屋子？发生什么事了吗?"接着她牵起白雪另一只手，带她走到红色双人沙发上一起坐下。

"我也不知道是怎么一回事。当时我正在读童话书里的故事，却突然喘不过气。我不知道该怎么解释，总之我就感觉必须出去才行，就算是爬也得爬出去。或许是我太大惊小怪了，抱歉。"

"你才没有大惊小怪，白雪！你被关在这栋房子里太久了，是我不该留你一个人在这里的。"

"瑟西，如果你和南妮继续留在这里处理事情，而我去探望一下蒂德巴顿太太，你觉得如何？这样我就不用一直待在屋里了，再说我也很担心她的状况，毕竟她得独自照顾普琳罗丝和海瑟两人，我担心要是她的记忆全部恢复后会变怎样。"

"你们在聊什么？"南妮问道。

"我母亲们曾经在高瑟的管家蒂德巴顿太太身上施展过失忆咒，不过由于我夺走了母亲们的魔力，所以她们曾施展过的魔咒正逐渐失效中。白雪担心万一蒂德巴顿太太恢复所有的记忆会陷入恐慌。"

南妮用读心术从瑟西和白雪身上读取她们的记忆，简略回顾一下她们回到晨星王国前曾拜访蒂德巴顿太太的旅途，大致了解了目前的状况。南妮同时也从中得知一些高瑟的故事，"我想白雪说得对，那位可怜的妇人可能需要有人帮助。"

南妮上下打量着白雪，怀疑白雪是否另有目的。透过读心术，她知道白雪是真的担心蒂德巴顿太太与照看的对象，但她同时也感受到这个临时起意的要求，似乎另藏其他用意。若真是如此，南妮非常讶异白雪竟然能将心事保密到看不透的程度。不过，她感受到的也有可能只是白雪责怪自己没多花点时间陪在蒂德巴顿太太和高瑟的两位姐姐身边的那种内疚感。南妮知道瑟西为了这件事而深感惭愧，因为瑟西回来后心里一直都在想这件事，或许白雪也是如此。但为什么她偏偏在这个时候提出探望蒂德巴顿太太的要求呢？这就是南妮所不解的。就在此时，她突然捕捉到白雪埋藏在心底的真正目的：白雪似乎想要去高瑟的藏书室，寻找童话书里遗失的书页，而藏书室就在蒂德巴顿太太所在的屋子里。这倒是挺有意思的。

"白雪，我无法让你去那么遥远的地方。我希望你留在这里，这样我们才能保护你。"瑟西正专心和白雪交谈，无暇顾及南妮发现了什么。

"那蒂德巴顿太太呢？谁来保护她？"白雪的嘴唇开始颤抖，接着猛然站起身来离开客厅。

"瑟西，干脆你陪她去吧。你也说过你很担心普琳罗丝和海瑟。"南妮说道。

"我有说过吗？"

"嗯，不是用嘴巴说的就是了，亲爱的。"南妮俏皮地向她眨眨眼说道。

"确实，当时我一心只想赶紧回到你身边，所以比预期还要早离开她们。"

"就跟我们之前讨论的结果一样，你就安心地把一切交给我处理吧。我有预感，你会在高瑟的藏书室里找到问题的答案，那些答案将帮助你决定如何处置你的母亲们。"

"什么意思，南妮？"

"这个问题你应该问白雪，我认为这趟小旅行的目的，不是单纯要探望蒂德巴顿太太和她那两位睡美人而已。"

第 **7** 章

蒂德巴顿太太和杏仁膏动物园

暮色时分，瑟西将屋子降落在一片开满灿烂金色野花的田野上，正好与她母亲们多年前来访时降落在同样的地点。在蓝紫色天空下，蒂德巴顿太太的小屋因背光形成剪影，周围是一片花海和开满花朵的树，空气中弥漫着浓郁的香甜气味。这片花海再过去则是可以俯瞰大海的悬崖。

　　白雪想起高瑟故事中的其中一幕：高瑟偷偷溜出地窖，用黄金花恢复青春，但王国派来的士兵们随后便夺走了黄金花，拿去治疗他们的王后。

　　在白雪的想象里，高瑟从来都不是个老巫婆，她始终认为高瑟和她姐姐们一样年轻貌美。而现在白雪身处在这个曾经让高瑟孤独一辈子的地方，她不禁为高瑟从未能实现任何一个愿望而感到难过。

　　瑟西与白雪走到后门，朝屋内呼叫蒂德巴顿太太，希望蒂德巴顿太太那张亲切的脸会从厨房后门蹦出来向她们打招呼，但却迟迟没人回应。

"蒂德巴顿太太？"

她们发现蒂德巴顿太太其实就坐在厨房的餐桌旁，周围满是用杏仁膏捏成的动物软糖和精致的生日蛋糕。整间厨房摆满一堆甜点，连窗台上也摆着一盘盘点心。

"蒂德巴顿太太？是我，白雪。瑟西和我一起来探望你了。"但老妇人什么话也没说，只是凝视着远方发呆。"瑟西，我想她需要喝点热茶。"白雪一边说着，一边轻轻拉起老妇人的手试图唤醒对方。

当瑟西从柜子里拿出茶壶时，她发现从碗盘到茶杯，全都堆满了各种各样的动物造型软糖。她把茶壶盖上的一只杏仁膏小猫拿起来放到一旁，并打开盖子检查里面是否还有其他动物软糖，最后才放心地将茶壶拿来装热茶。

"蒂德巴顿太太？你还记得我们吗？"白雪难过地看着这位到现在都还没注意到她们出现的可怜老妇人，"蒂德巴顿太太？"多次呼唤后，妇人终于回过神来，她一看见白雪后，表情顿时变得开朗，"我当然还记得你，亲爱的！很高兴你又回来了！"白雪立即紧紧抱住这位老妇人，"虽然我想为你们泡些茶，不过看来可爱的瑟西已经在替我准备了。"

瑟西羞红了脸："抱歉，蒂德巴顿太太。我只是觉得偶尔让别人来服侍你也不错。"老妇人笑着说："没事，别担心，亲爱的。我很高兴看到你来这儿。"

"看来你一直都很忙碌呢。"白雪看着摆满整间厨房的精致甜点笑着说。

"是呀，你说得对。"蒂德巴顿太太看了看周围，一副不晓得这堆动物软糖是从哪儿冒出来的模样。

"在瑟西泡好茶以前，也许我们应该先到客厅或者藏书室里坐坐。"白雪说这句话时匆匆瞥了瑟西一眼。

"喔，我绝不去藏书室，绝不！藏书室跟地窖我都不去。"看起来还有些迷糊的老妇人答道。

"好的，蒂德巴顿太太。但我希望你不会介意待会儿让我进入高瑟的藏书室里看看，因为里面有几本书或许对我们会有帮助。"

蒂德巴顿太太对白雪露出调皮的笑脸："喔，我想高瑟不会介意的，反正她也无法反对了，不是吗？"她笑着说，"你何不直接全拿走算了？要是能摆脱那些邪恶的东西我可乐着了！"她似乎想起了某些不愉快的回忆。

"我们到客厅里说话吧，蒂德太太。"白雪带着蒂德巴顿太太离开厨房，前往漂亮的小客厅。这间客厅虽然有些陈旧但很舒适，墙上的褐色壁纸点缀着精致的粉红色花纹，每张桌子都铺着白色蕾丝桌巾。对独居的老妇人来说，这里简直是完美的家。

"蒂德巴顿太太，你还好吗？"亲切的老妇人看起来像是在考虑该怎么回答这个问题，迟迟无法开口回应，"蒂德巴顿太太？"白雪在她旁边坐下并握住她的手，"有什么事是我可以为你效劳的吗？"

就在这时，瑟西也走进客厅，手上的托盘装满许多东西，"女士们，茶泡好了，我还做了一些小三明治。"

蒂德巴顿太太抬头看着瑟西微笑，开口说道："谢谢你，亲爱的。你来得正好，我正准备告诉白雪，你们不用担心我这可怜的老太太。我没事，一切都很好。我需要的东西都有了，什么都不缺。能说出这种话的人可不多。"

瑟西放下托盘，为大家倒茶。

"你那两位睡美人还好吗？"瑟西问道。

一提到她负责照顾的两名女孩，蒂德巴顿太太的双眼突然亮起来，像是终于从半睡半醒的状态中清醒过来，"喔，她们挺好的。还不错。"

瑟西将热茶端给蒂德巴顿太太，接着开始说明："现在你的记忆开始慢慢恢复了，可能有时会感到不知所措，白雪有点担心，所以我们来看看你是否安好。"

蒂德巴顿太太把茶放下并伸手握住瑟西的手，"来，一起坐吧。"于是瑟西在蒂德巴顿太太旁边的空位坐下，"我确实都想起来了。不过我跟你们保证，我没事，我只是太累了。"白雪吻了老妇人的脸颊，"你们真贴心，但说真的，你们过度担心了。"瑟西拿起一盘小三明治给蒂德巴顿太太，"谢谢你，亲爱的。我可以问一下你们来这里的真正原因吗？单纯是为了那些书吗？喔，别误会，我知道你们俩的心地都很善良，只不过发生在我这老太太身上的童话故事已经结束了。我已经完成我的职责，好好保护了那两位睡美人。既然我的工作已经结束了，我现在最想做的事就是好好休息。"

"你说你的工作已经完成了，这是什么意思？"

"就是这个意思呀，亲爱的。普琳罗丝和海瑟几天前就醒了。"

"什么？醒了？怎么会？"瑟西惊讶地站起身来，"她们现在人在哪里？"

"她们说要回家，亲爱的。"

"回家？但首先我想知道，她们是怎么复活的？究竟发生了什么事？"

蒂德巴顿太太笑着说："花呀，亲爱的。当然是靠那些花。你们来的时候难道没看到那些花吗？"

瑟西听完立刻跑到窗前往外看，这才发现原来从窗外照进来的光芒不是夕阳余晖，而是野花田发出的光芒，她不禁倒抽一口气，"白雪！快来看！"花田里开满了光辉灿烂的金色花朵，十分明亮，瑟西甚至可以看见花朵的光芒映照在白雪脸上。"蒂德巴顿太太，这些花是哪里来的？"

蒂德巴顿太太大笑道："喔，那些是高瑟的花。"

白雪和瑟西面面相觑，震撼不已。"黄金花？但它们怎么会出现在这里？"

蒂德巴顿太太再度大笑，"跟其他的花一样啊，亲爱的，它们就只是长出来然后遍地开花罢了。"

第 **8** 章

各怀心事的姐妹

南妮已经很久没回仙境了。她从没想过自己在帮助妹妹重建好仙境以后，还会再次回到这里。她的人生兜了一大圈，在玛琳菲森死后才又重新回到这个地方。

　　重返仙境使她更深刻感受到失去玛琳菲森的痛苦，因为这里是她把玛琳菲森视为自己亲生女儿爱护并一手带大的地方。南妮不禁想起玛琳菲森曾经是多么了不起、聪明又有天分的女孩，也想起这名她在世上最爱的女孩之所以走向毁灭，和自己的妹妹在背后推波助澜也有关系。但南妮必须学格林海德一样，试着将情感埋进内心深处，以免自己感情用事。毕竟，她妹妹也为玛琳菲森的死充满自责，而且奥伯隆也训诫过仙女教母了。南妮和仙女教母好不容易又建立起手足之情，南妮担心这份亲情一不小心就会被打破，于是她压抑自己的情感，将千愁万绪暂时搁置在内心某个空间。南妮早在心里开辟出一个专属于玛琳菲森的秘密空间，她深爱的小女孩可以安心住在那里而不用担心是否会被自己反噬。

在普兰兹唤醒她沉睡许久的记忆以前，南妮只是晨星的保姆，她想重新回到那段忘记自己真实身份的日子。当时生活所面临的难题都比现在容易许多。

如今，她见到仙境的景色以后，一直努力压制在内心深处的情感全涌上了心头。因为这里有她的旧屋子，玛琳菲森的树屋也保留在原地，即使南妮离开这么久了，它们却都没变过。看到这幅景象，南妮忍不住哭了。她为痛失养女而哭泣；为自己将爱洛托付给三个善良仙女而哭泣；为至今发生的一切哭泣；也为自己的无能为力痛哭流涕。但她必须坚强，因为她还有晨星和瑟西这两个女孩要照顾。虽然直觉告诉她，已经不用再为晨星操心了，南妮早就知道晨星迟早会变成如今的成熟女性。瑟西帮助晨星克服心理障碍并迈步向前，现在晨星已经变成既聪明、爱冒险又独立自主的女人了。南妮为她的公主感到无比自豪。

现在唯一需要南妮帮助的人是瑟西。南妮知道瑟西正处于险境，因为她很清楚摆在瑟西前方的每条道路都是险路。南妮认为她大概猜得到瑟西会选择走哪条路，而这种预感使南妮的内心充满恐惧。

没错，让瑟西陪白雪一起出远门才是良策。当仙女们齐聚一堂准备决定她母亲们的命运时，瑟西还是不要在现场比较好。南妮认为瑟西已经到达极限，无法继续承受从其他人口中得知母亲们做过的坏事，或以保护她为名义所犯下的卑劣行径。南妮知道仙女们将得出和瑟西一样的结论：古怪三姐妹永远不该获得释放。南妮也知道瑟西在母亲们的阴影下无法成长。如果瑟西每次都得为母亲们造成的混乱收拾残局，她将永远都没机会发挥潜力。要是让古怪三姐妹再度回到众多王国四处作怪，瑟西的余生就只能不停为母亲们收拾烂摊子。这实在令人不敢想象。

当南妮开启她的旧房子大门时，胸口像是挨了重重一拳。回到这里让她内心的痛苦变得更真切，仿佛她之前将自己所有的秘密、痛楚和折磨全都硬塞进这栋屋子里。她把一切令人心痛的回忆都保存在这里，而非存放在记忆里。南妮知道此地不宜久留，因为玛琳菲森的树屋就在屋外；因为她曾经在这里的厨房为玛琳菲森想参加仙女考试而苦恼过；因为她人生中最美好与最悲痛的日子都在这间屋子里。

"我就知道带你回来这里是个错误的决定，姐姐。看你难过的表情就知道了。"南妮差点忘了仙女教母在她身边。

"你说得没错。我可以暂时借住在你那里吗？"南妮看向仙女教母。仙女教母点点头："当然可以。"

南妮将门关上，转身前往仙女教母的家。南妮试图将痛苦留在身后的旧房子里。她把所有痛苦都留在那栋屋子里，而非摆在内心深处。因为她内心深处的秘密空间已经有玛琳菲森了，无法容纳其他悲伤情绪，因此南妮只好将痛苦的回忆都锁在旧屋子里，直到她准备好去面对为止。随着她越走越远，痛苦的程度也越减越轻，最后南妮终于回到平时承受得住的悲痛感。她这一生太漫长了，所累积的回忆实在太庞大，即便是传奇之人也无法随身携带。它们太多、太沉重了，因此南妮很庆幸自己有可以放置它们的地方。

"你刚才是不是说过，我们今天会先和其他仙女碰面，讨论如何进行这次的仙女议会？"

"还没呢，我才正准备要告诉你这件事。"仙女教母用淘气的表情看着姐姐，两人哈哈大笑。

"嗯，先提早准备也好。除了我和你以外，还有谁会来参加议会？"南妮问道。

"有三名善良仙女和蓝仙女。奥伯隆也可以参加这场议会，前提是他愿意来的话。"这倒提醒南妮，她得派只萤火虫当信使，通知奥伯隆关于这场议会的消息，以免她妹妹"不小心"忘了告诉奥伯隆有仙女议会，"你还在用萤火虫当信使吗？我想写封信通知奥伯隆。"

仙女教母皱了皱鼻子："奥伯隆无所不知，没必要特地通知他。再说，他肯定正和晨星忙着四处治疗其他受伤的树王。"

南妮不理会妹妹的建议："嗯，但我还是想寄封信给他，顺便问问晨星的情况。待会儿到你家以后，要是你能给我几张纸和羽毛笔的话，那就太感激不尽了。"

"我们已经到了。"她们俩说着说着就抵达了仙女教母的屋子，"喔！快看那是什么！"仙女教母高兴地拍手叫好，"多可爱呀！"

翡翠仙子显然三位善良仙女比她们早抵达，而且没让自己闲着。翡翠仙子、蓝天仙子和花拉仙子正用粉红色与蓝色彩带装饰仙女教母的小屋，上头还绑着闪亮的大蝴蝶结与各种尺寸的庆祝横幅。这栋屋子看起来就像蒂德巴顿太太做的精致蛋糕，只不过更加艳丽花哨。南妮都忘了她妹妹住的小屋有多么诗情画意，入口处有整齐划一的白色木栅栏，支架上覆盖着如糖霜般的粉红色花朵，这栋小屋活脱脱像是童话故事里才会出现的房子。南妮莞尔一笑，这里就是童话故事的世界没错。毕竟，现在她们在仙境。

三个善良仙女像嗡嗡叫的蜜蜂，在仙女教母周围飞来飞去，不断向她致以问候、爱慕与钦佩。献完殷勤后，是连珠炮般的一堆问题，每个仙女都抢着向仙女教母问话，南妮听得有点头晕。"我听说古怪三姐妹复活玛琳菲森了，这是真的吗？究竟是怎么一回事？""你们认为她会以龙的外貌重生吗？""她应该不会带着乌苏拉一起复活吧，你们觉得呢？"诸如此类的问题一个接一个，直到南妮大声地清了清嗓子示意所有人安静。

"各位、各位，请冷静。"仙女教母说，"我想先让我姐姐进屋子里好好休息一下。等下午开始进行会议时，我们再来回答所有的疑问。"三个善良仙女一下子满面通红，因为她们三个都忘了要跟南妮打声招呼。

"好的，没问题，很抱歉打扰了！"三个善良仙女齐声说道，"我们会在您休息时，先把问题整理一遍。"语毕，她们立即振翅而去，南妮甚至来不及开口打声招呼或说声再见。

她无奈地笑了笑，回想起她讨厌仙境的原因：大多数仙女的个性既轻浮又傻里傻气，虽然她自己也是个仙女。

但正因为如此，她才决定收起翅膀，并自称自己是个女巫。

仙女教母像是看穿了南妮在想些什么，开口说道："姐，你知道下午开会时必须要露出仙女翅膀吧？"虽然仙女教母不像南妮会读心术，但她很擅长解读南妮的表情，并猜出南妮可能在想些什么。

南妮皱起眉头："那瑟西呢？如果她接受你的提议，难道你要亲手做一双仙女翅膀逼她戴上去吗？她可是货真价实的女巫，没有半点仙女血统，尽管如此，你却提议颁给她祈愿仙女的名誉头衔。"

仙女教母气急败坏地跺起脚来："但你是仙女啊！你应该引以为荣才对！"

南妮不想跟仙女教母争论谁对谁错。南妮提醒自己，多年来她妹妹一直代替她承担治理整座仙境的重大责任，在没有她和奥伯隆的帮助下，仙女教母确实已经尽其所能地在做事了。如今南妮和奥伯隆终于回来，他们却一上来就说仙女教母做的每件事都是错的，完全无视她只能按照她所知的以及她自认为正确的方式来处理每一件事。南妮直到现在才清楚意识到这点，因此下定决心要帮妹妹逐步做改变。否则再这样下去，仙境迟早会变得一团乱。南妮打算改变这一切，不过她得先看看其他仙女是怎么想的才行。她知道三个善良仙女肯定是站在仙女教母那边，不过蓝仙女应该会站在她这边。至于奥伯隆嘛，只能说他总是选择站在正确的那一方。

南妮越想越觉得，仙女的职责的确是要帮助所有身处在水深火热之中的人，而不是只选择照顾公主。这话题等开始审判古怪三姐妹时，肯定会被提出来讨论。想想看，要是格林海德和乌苏拉当时有仙女出面帮助的话，或许就不会死在古怪三姐妹作恶多端的魔法下了。

但南妮也明白，对于像仙女教母这种发誓只保护纯真、无辜之人的仙女来说，帮助孤立无助的公主，或是帮助因愿望成真而让木偶有了生命的木匠等人都没问题。但要仙女帮助像格林海德与乌苏拉那样的人，她们绝不可能认同。换句话说，这意味着必须让更多仙女来参加议会，除此之外，也得让像瑟西这样的女巫能够参与讨论，如此一来，才有机会改变仙女们数个世纪以来使用魔法的习惯。要达到这样的改变，第一步就是南妮必须取代仙女教母的位置，重新成为仙境首领才行。不过这些都得慢慢来，以免伤害妹妹的自尊心。

南妮必须尽可能小心处理这一切。

"妹妹，你说得没错，如果展现翅膀能让你开心的话，我很乐意这么做。我们是否该去见见其他仙女了？她们在等我们吗？"

仙女教母听完后眉开眼笑："是的。虽然我也很希望能让你再多休息一会儿，但时间确实不多了，我们得快点前往奥伯隆的喷泉雕像集合。"南妮将她的随身行囊放进客房里，接着在床尾坐了一会儿，集中精力并鼓起勇气将她的仙女翅膀变出来。不管怎么说，现在她毕竟是在仙境里，戴着翅膀还是比较妥当。而且，等到她对仙境实施改革后，也许她最终能因为自己身为仙女而感到自豪。

"姐！姐！快出来！"仙女教母的尖叫声传进房间里，南妮赶紧跑回客厅。

"这是怎么回事？"南妮看见仙女教母的屋子里突然涌入一群仙女，所有人都一副惊慌失措的模样，"发生什么事了？"

三个善良仙女和仙女教母心烦意乱地说不出话来，最后是幻化为一团光体的蓝仙女解释："仙女教母刚才收到奥伯隆派乌鸦送来的消息。奥伯隆说，古怪三姐妹已经设法逃离了梦之地，醒来后就离开晨星王国了。"

三个善良仙女恐慌地问道："但她们是怎么办到的？就连瑟西也无法破除施加在她们身上的仙女魔法才对啊！

她们怎么有办法逃离梦之地？难道她们真的复活玛琳菲森来帮忙了吗？"

"噢，天啊！希望不是如此！"仙女教母说道。

蓝天仙子气呼呼地问："那么到底是谁唤醒她们的？她们不可能平白无故就醒来。谁会愚蠢到唤醒古怪三姐妹，让她们在众多王国之间来去自如？"

"我只想得到一个名字，只有她对古怪三姐妹如此忠诚，甚至愿意不惜一切代价也要让她们重获自由。"南妮冷静地说道，"普兰兹。"

第 9 章

遗失的花朵

白雪和瑟西坐在蒂德巴顿太太的客厅里，深感惊愕与困惑。正如高瑟所期望的，黄金花真的让海瑟和普琳罗丝复活了。高瑟那两位可怜的姐姐死而复活后，便出发前往死亡森林。

　　就她们两个而已。

　　白雪说道："我们必须赶紧追上去！不然等她们亲眼看见死亡森林变成现在这个模样，一定会承受不住打击的！"瑟西也同意白雪所说的。

　　"这样呀，亲爱的。"蒂德巴顿太太答道，"如果你们认为应该追上去的话，我现在马上帮你们装一篮食物。死亡森林离这里并不会太远，我敢说老家就是她们的目的地。"蒂德巴顿太太立即走进厨房开始做三明治，以便她们俩在旅途上有东西吃。

　　"她到底在想什么，怎么会让她们就这样离开？"瑟西高举双手，一副败给蒂德巴顿太太的模样。虽然她试着不对那位老妇人表现出无奈之情，但实在是办不到。

白雪对着瑟西皱了下眉头："别责怪她了，瑟西。她认为这样做才是对的，毕竟是她们姐妹俩自己说想回家的。"

"但她们已经无家可归了！那里原有的一切早就全毁了，她们的小妹也死了，在失去意识的这段时间，她们对世界上发生过的任何事一无所知，现在肯定既孤独又迷惘，而且谁知道她们拥有什么魔法！她们不但拥有玛妮亚的血，而且遍地的黄金花还赋予了她们强大的魔力！说到黄金花，蒂德巴顿太太若继续待在这里并不安全。你也从书上读过了，乐佩的王国为了获取黄金花的魔力，什么事都做得出来！"

"瑟西，冷静点。一切都不会有事的。我们先去收拾高瑟的藏书室，然后直接飞去死亡森林，应该会比普琳罗丝和海瑟更早抵达，因为她们是走路过去的。"

"好吧，这计划听起来不错。"瑟西同意白雪提出的计划，"那你能不能去问一下蒂德巴顿太太，这里有没有空箱子能拿来装书？"

"当然。"白雪微微一笑，接着便起身走进厨房，留瑟西一个人坐在客厅里独自思考事情。

"瑟西，你在吗？"

南妮的声音突然出现。瑟西从口袋中拿出手镜。

"瑟西！你现在必须赶紧来仙境避难。你母亲们逃离梦之地了，我们担心你和白雪现在恐怕都不安全。"

"她们是怎么逃离梦之地的？"瑟西问话的同时，突然觉得自己知道问题的解答。

瑟西二话不说伸手擦拭魔镜，抹去南妮的影像并喊道："将普兰兹显现至我面前！"瑟西看见普兰兹动也不动地倒在日光温室地板上，而原本耗尽魔力杀死乌苏拉的母亲们则不见踪影，"噢，普兰兹！"

白雪跑回客厅，双眼满是担忧："怎么了，瑟西？普兰兹在这里吗？"她环顾房间，四处寻找那只听闻已久的高贵动物。

"不，你看！"瑟西给白雪看魔镜所映照出毫无生气的美丽猫咪影像。白雪惊恐地倒抽一口气。

"普兰兹！"晨星也出现在镜子里，她跑到普兰兹身旁跪下，"天哪，你发生什么事了？"白雪和瑟西看着晨星为那只可怜的猫哭泣。

白雪一只手拿着镜子，激动地对晨星公主叫道："晨星，她还好吗？她还活着吗？发生什么事了？"

"魔镜无法这样使用，白雪。晨星是听不见我们的。"瑟西说完又擦拭一遍镜子并召唤出南妮的影像，"将南妮显现至我面前！"

南妮的脸立即出现在镜子里："瑟西！刚才怎么了？"

"我刚才看了一下普兰兹的情况，她好像出事了。晨星正陪在普兰兹身边，但我没办法跟她说话。"

"我会将这消息传给奥伯隆。普兰兹恐怕和这件事脱不了关系，我想是普兰兹将你母亲们从梦之地释放出来的。"

"我也这么想，所以才赶紧用魔镜看她的情况。南妮，如果普兰兹是用她的力量释放我母亲们，那么她现在可能命在旦夕。"

"亲爱的，我知道。我现在就传话给奥伯隆，请他赶紧确认一下普兰兹的情况。与此同时，我希望你先带白雪回她的王国后，再赶来仙境。"

"我也希望如此，南妮，但我无法做到。我和白雪必须去一趟死亡森林。蒂德巴顿太太的花园突然开满黄金花，普琳罗丝和海瑟苏醒了，她们现在正在前往死亡森林的路上。"

"我们没时间让你去死亡森林了，瑟西！你母亲们随时都有可能出现！你帮不了每一个需要帮助的人。如果你尝试拯救所有人，你会在这过程中先毁掉你自己！"

"但是，南妮，我们必须这么做！是我母亲们毁了海瑟与普琳罗丝的家，还杀了她们的妹妹！自从她们俩死后已经过了好几百年，我无法眼睁睁地让她们回去后才发现，曾经生活过的地方已成废墟。我不忍心让她们独自承受那种痛苦。"

"好吧，乖女孩，那你就快去快回吧。但千万要注意安全。你母亲们肯定会开始四处找你，所以你到了死亡森林以后动作一定得快，亲爱的。要非常非常快。如果有必要的话，就对那两位姑娘施展催眠术，直接带她们一起来仙境。我希望你赶紧回到我身边，我无法再承受失去另一个爱女的打击了，真的无法。"

瑟西为南妮的话感到非常心痛："我保证我一定会很小心谨慎的，南妮。"

"我爱你，乖女孩。现在赶紧去吧，然后尽快赶来我这儿。"

"我也爱你，南妮。"瑟西说完后手轻轻拂过镜面，让南妮的影像消失不见，接着把手镜放回裙子口袋里。

"噢，白雪，如果普兰兹释放了我母亲们，恐怕我们现在都很危险。至少我知道该怎么对付她们，但你……我很担心你。"

白雪摆出心意已决的表情："听好了，瑟西，你可别想把我送回我母亲身边。我知道你和南妮都很担心我，但别忘了我年纪比你还大。我很感激你为我付出的爱与关怀，不过我需要你明白一件事：我是一名成熟的女性，可以自己做决定，而我决定要和你一起去死亡森林。我知道我不是女巫，但我有预感那里会有许多问题的答案。"

瑟西平静地回答："我相信你。我也有同样的感觉。"白雪不知道是否应该趁现在把她猜想的事情告诉瑟西。她很犹豫，因为不知道童话书遗失的书页会不会就在死亡森林里。雅各在高瑟的姐姐们死后，瞒着高瑟将许多书藏了起来，或许那些遗失的书页就混在其中也不一定。白雪并没有把握，但她总觉得现在发生的一切事情都指向死亡森林。

瑟西从口袋里拿出某样东西。那是一条勉强称得上吊坠盒的东西，确切说来是一个附有链子的小小银扁瓶，可以像吊坠一样挂在脖子上。"白雪，我希望你戴着这个。"

白雪接过那条吊坠，满脸疑惑地看着瑟西。瑟西看得出白雪很想问里面装了些什么，但最后还是决定不问。白雪的眼神说明了一切：她信任瑟西，因此不需要知道扁瓶里究竟装了什么。她爱瑟西，并且想和瑟西一起继续这趟冒险，别无所求。

"白雪，我很高兴你这么信任我。我希望带你一起走是正确的选择。但请答应我，如果发生什么事，你会照我的话去做。"

白雪微笑看着瑟西并紧紧握住她的手："我答应你，因为我信任你。"

就在她们互相拥抱时，蒂德巴顿太太抱着一个大篮子回到客厅，篮子里的食物多到她们俩根本吃不完。

"好啦，亲爱的，你们旅途上请多加小心。我这个老蒂德巴顿太太不是女巫，不会假装自己跟女巫一样有什么预知能力，但我嗅得出童话故事即将开始的味道。我要告诉你们俩我对普琳罗丝和海瑟说过的话：我的故事已经结束了，但你们两位美人儿的才正要开始。小心别掉进别人的故事里沦为配角，亲爱的，要坚持在自己的故事里当主角。如果有必要，就自己创造出好结局吧。"

当白雪亲吻蒂德巴顿太太的脸颊时，瑟西好奇地打量了一下这位老妇人。"蒂德巴顿太太，我刚刚已经请白雪将一面魔镜搬到地窖里给你用。如果你需要什么或发生什么事，只要对着镜子喊我的名字，我就会出现在镜子里。这样子比派猫头鹰或乌鸦送信快多了。"

蒂德巴顿太太微笑看着白雪和瑟西："虽然我不太有机会用到它，但如果这样会让你们感到安心，我还是留着吧。亲爱的瑟西，你为我做了这么多事，而我能为你做的也就只有接受你的好意了。好了，快出发吧！让我这个老蒂德巴顿太太好好休息一下。"

白雪和瑟西将所有东西都打包好搬进古怪三姐妹的屋子里：一大篮满满的食物、高瑟藏书室里的一箱箱书籍，以及其他各式各样的行李。普琳罗丝和海瑟将她们所有私人物品都留在这里，就连半点财产也没带走。瑟西在蒂德巴顿太太的卧房里放了一小盒钱币，那些钱足够让蒂德巴顿太太往后的日子都衣食无缺。瑟西认为普琳罗丝和海瑟不会介意这点小钱。毕竟，这位老妇人多年来，一直负责保护她们的身体，相较之下，这笔退休金算不了什么。

一切都收拾妥当后，白雪和瑟西站在古怪三姐妹屋子门廊上，向站在花园里的蒂德巴顿太太挥手道别。瑟西突然觉得蒂德巴顿太太看起来好老好老，甚至比南妮还要老。

"再见了，亲爱的蒂德巴顿太太。谢谢你为我们做的一切！"瑟西一边喊道，一边望着站在黄金花海中的蒂德巴顿太太。她好奇蒂德巴顿太太会不会将黄金花用在自己身上，让自己变年轻然后让人生再重来一遍？不知为何，瑟西总觉得蒂德巴顿太太不会这么做。

　　"再见了，亲爱的。记住我说过的话：自己的童话故事自己创造！顺便从蒂德巴顿太太我的故事里汲取教训：远离所有地窖和血腥的房间！"

　　瑟西与白雪面露微笑，不知道该回应些什么，只好一边挥手告别一边走进屋子里，准备展开属于她们自己的故事。

第 **10** 章

未尽之地

露辛达被粗暴地拉出梦境后，发现自己身处在一棵大枯树下，光秃秃的扭曲树枝像是想抓住什么的贪婪之手往四面八方伸出去。古怪三姐妹知道这里是介于生死世界中间的未尽之地。在进入陨灭迷雾之前，首先会经过此地。露辛达和她的妹妹们以前也来过这里。

　　未尽之地。

　　这里只有一条通往两个方向的道路：要么是往前，要么就是往后。总之，至少不是什么方向也没得选的单向道。

　　古怪三姐妹当然会选择往回走，回到女儿身边，回家。

　　不过在那之前，她们得先休息，等力量全都恢复才行。这里是给所有活得太久的人暂时休息身体与灵魂的地方。当初南妮对生者世界感到厌倦时，就是先来这里休息过一番，才重返人世变成晨星的保姆。而奥伯隆每次陷入长久的沉睡时，同样也是在这里。未尽之地没有镜子，所以露辛达看不见外面世界正在发生什么事。不过如果她仔细听的话，还是可以听见一些消息。

她原本期待能在这里见到玛琳菲森。古怪三姐妹在多年前就已经跟她说过，万一哪天她死了，就在这里等着，她们会来带她回生者的世界，然而这里没有半点玛琳菲森的身影，她身边那群乌鸦倒是栖息在枯树上，鸦雀无声静静等待主人出现。唯一不在的是欧宝，不过古怪三姐妹觉得欧宝应该也曾经在那群乌鸦里。露辛达知道玛琳菲森与欧宝之间存在某种特殊的默契，那是透过童年的陪伴与魔法而建立起来的默契。要是有谁能将玛琳菲森从亡者的世界引诱回来，那就非欧宝莫属了。露辛达抬头往上看，乌黑的天空像一块被虫蛀蚀过的黑色窗帘，到处都是透光的小孔。鲁比和玛莎都不在她身边，但露辛达并不紧张，她知道妹妹们都在这里，只是不在彼此的视界范围罢了。她感觉得到她们，也知道她们平安无事，这才是最重要的。露辛达需要独自休息，像现在这样三个人分别处在各自的角落里是最好的。这一切都得感谢普兰兹。

普兰兹的魔法属于核心魔法。那是一种与生俱来却难以驾驭的魔法，因此鲜少拿来使用。拥有这种魔法的生物通常会将魔力储存起来，直到真的有需要时才使用，而一且使用，就需要相当久的时间来恢复并重新储存力量。露辛达非常感谢普兰兹选择在这时候施展她那股粗暴而不易控制的魔法。虽然被魔法强行从梦之地拉出来是极痛苦的体验，但至少她们自由了，而且还在这个能让人休息并恢复魔力的未尽之地醒来。普兰兹想得非常周到。

等她们力量恢复完毕、准备好回到生者的世界以后，要做的事情可多着了。不过玛琳菲森不在此地，这让露辛达有点担心。她们三姐妹之前就讨论过这件事的可能性，也许玛琳菲森已经走过头回不来了，这就是她们想找到欧宝的原因。要说有谁能让玛琳菲森回心转意重返人间，那肯定是欧宝。露辛达和她的妹妹们会用尽各种手段让玛琳菲森起死回生，就算要动用她们在死亡森林学会的招魂术也在所不惜。古怪三姐妹需要玛琳菲森这位老朋友站在她们的阵营，这样她们才能随心所欲地支配一切。

她们将夺回女儿瑟西，并且像从前一样宠爱她。如果这意味着必须消灭瑟西所珍爱的一切人、事、物，那就这么做吧。

不过，现在她们得先好好休息。等待时机到来。

第 **11** 章

白雪王后与七个女巫

瑟西和白雪将古怪三姐妹的屋子降落在死亡森林里一栋半倒塌的宅邸庭院里。这地方就跟她们想象的一模一样，是个美丽与哀伤的死寂之地，充满着魔力，却没有冥后挥舞魔法的地方。

　　她们望向亡者之城，那座小城就在成排的垂柳树后方，柳树枝朝地面低垂，仿佛急欲化为尘土，寂静无声，但瑟西和白雪知道，亡者也许仍住在那里。

　　高瑟故事里提到过喷泉里的蛇发女妖雕像，仍然与其周围嬉戏跳舞的水精灵雕像一起冻结在永恒的时刻，看起来就像蛇发女妖在欣赏水精灵的舞姿时，不小心将水精灵连同自己都变成了石像。而院子外，处在亡者之城边缘的是海瑟和普琳罗丝的地下圣堂。白雪和瑟西看见后感到难过，因为她们不禁想起高瑟痛失姐姐时有多么伤心欲绝。瑟西相信她们的死一定和她母亲们脱离不了关系，只不过也不明白为什么自己会有这种感觉，也许她将会在其中一位母亲或高瑟的某本书里找到答案吧。

瑟西望着树林，突然对她母亲们在各个地方造成的破坏感到作呕。她们手上沾满了鲜血，无数的受害者死在她们手里。瑟西认为能够解决这一切的方法越来越明显，只是她还没有勇气付诸行动。目前还不行。

亲眼见到这块土地变成废墟，却没见到她们在书上读过的雅各或其他活死人，这点倒是令她们感到有些奇怪。她们还以为他们会躲在枯萎的垂柳树背后偷偷望着这里，或缩在某座哭泣的天使雕像下休息。等普琳罗丝和海瑟回到这里以后，心中将有何感想？她们是否期待能在这里找到妹妹高瑟？一想到她们或许还满心期待回到原本的家园，瑟西就觉得难过。是的，这就是为什么她和白雪必须来这里：为了告诉她们究竟发生了哪些事，以及妹妹的故事。要是她们真想知道的话。

眼前这栋石砌宅邸年久失修，多年前邻近王国派来寻找黄金花的士兵将这里搞成破烂不堪的废墟，迫使高瑟和姐姐们不得不离开家园。瑟西想象冥爵雅各为了保护死亡森林而率领死者大军抵抗王国士兵，同时期望有朝一日高瑟将重返此地，正式成为新冥后。瑟西为她们坎坷的命运和破损的家园感到心痛，也为雅各的希望与梦想落空感到难过。想想看，高瑟一直以来都是对的，黄金花真的能让她两位姐姐起死回生，要是多年前避难小屋周围的黄金花能及时开花就好了。

"白雪，你觉得我们该从哪里开始着手？藏书室如何？我们先确认一下藏书室是否还在？"

白雪无声地点了点头，她也跟瑟西一样，内心对死亡森林的现况有所感触："你有办法修复这里吗？"白雪平静地问道，"你会那种魔法吗？"

瑟西惊觉自己竟然没想到这一点："或许我办得到。这主意太棒了！如果普琳罗丝和海瑟打算搬回来住的话，我最好赶紧试试看。"

"我们是否应该……"白雪欲言又止。

"白雪，你想说什么？"

白雪咬住自己半边嘴唇，这是当她感到困扰或是不确定时常会出现的动作："我刚想说的是，我们是否该去确认一下，冥爵雅各在不在？"

"好主意，我们去确认看看吧。"但白雪的表情未变，这让瑟西觉得白雪似乎还犹豫不决。

"你觉得我们有必要去打扰他吗？在高瑟的故事里，

他明确说过他想好好安息。"

听完后，瑟西微笑答道："白雪，你真贴心。你说得没错，他确实是那么说过，但我认为雅各会想知道他的女巫们要回来了。"

"你觉得海瑟和普琳罗丝还有多久才会抵达这里？"

"如果是步行的话，或许还有一天左右。"

"要是我负责去检查藏书室，同时翻一遍从蒂德巴顿太太那里拿到的书籍，那么一天的时间够你把这里修复完成吗？"白雪急着想赶紧找到那篇《祭悼盒》遗失的书页。

"白雪，你怎么了？为什么这么在意什么遗失的书页？《祭悼盒》又是什么？"

"除非我读完整篇故事，否则我还不想谈这件事，瑟西。请你相信我。"

瑟西牵起白雪的手一起走向宅邸："我当然相信你，白雪。我全心全意信任你。我们先去看看藏书室还在不在，好吗？也许还可以在那里吃点蒂德巴顿太太为我们准备的食物当早餐，如何？"

她们俩一起走进残破不堪的宅邸。还好屋内没有她们想象的破败，许多房间在经历战斗后仍完好如初。遭到破坏的地方主要是外墙和门厅，瑟西心想，这一定是多年前玛妮亚袭击自己三个女儿时造成的损害痕迹。她们继续往屋里走，很高兴发现书中提过的晨间起居室，几乎完整无缺，只有几片玻璃化为碎片，其他家具也没有像楼下几个房间一样受损或东倒西歪。

"看来这里不需要花太多时间就能整理好了。"瑟西一边说着，一边和白雪继续探索藏书室的位置。

高瑟亲手将母亲的灵魂送进陨灭迷雾以后，为姐姐们改建了几个新房间，而藏书室不在改建范围内，仍属于宅邸较古老的房间之一。当白雪和瑟西亲眼见到藏书室以后，不禁触景生情起来，因为这里让她们再度回想起高瑟的故事。后来白雪在藏书室里找到普琳罗丝最常坐的那张椅子，她舒舒服服地坐了下来，椅子后方墙上刻着一棵微微开花的大树石雕画，宅邸这一侧的旧房间墙壁上刻满了各种恐怖的巨兽石雕画，使气氛显得沉重而郁闷，唯有藏书室这面墙壁的石雕画展现了生命力。一想到普琳罗丝，白雪便露出微笑的表情，她希望普琳罗丝长得和她在阅读高瑟的故事时，浮现在脑海中的可人儿一样讨喜。

"如果你不介意的话，我就先放你一个人在这里找找看有什么值得留意的东西。"瑟西说道，"要把这里变成适合海瑟和普琳罗丝居住的地方，时间可能不太够。"

白雪抬起头来，用那双漂亮的棕色大眼睛看着瑟西："你会去找冥爵雅各在哪里吗？"瑟西笑着点点头："是的，我会先去找他看看。"白雪再次咬住嘴唇，一副欲言又止的表情。"白雪，你在想什么呢？"

　　"我只是在想，为什么我们进得来死亡森林？森林边界不是有魔法设下的结界吗？除此之外，假设雅各和其他活死人仍然在这里，你又该如何召唤他们出来呢？"

　　瑟西也不知道答案："或许随着最后一批统治这里的女巫离去，魔法结界也跟着失效了吧。"白雪对这解释似乎不是很满意，而且瑟西看得出白雪心里还有更多疑问，但没有继续追问下去。瑟西自己也很好奇，当年还只是少女的母亲们，到底是如何进入死亡森林的？这个问题至今仍是未解之谜。

　　"白雪，我的手镜在口袋里，你呢？带着手镜吗？"已埋首于书中的白雪抬起头来对瑟西点点头。"那你需要我的时候，就随时用镜子联络。还有，记得要一直戴着那条吊坠，别拿下来！"瑟西补充道。

　　白雪摇摇头，笑着回答："虽然我不是女巫，但我是女巫一手带大的。放心吧，瑟西，快去做你该做的事，我还有很多书要读呢。"

于是瑟西离开专心看书的白雪，开始在宅邸里四处走动，若看到有损坏的地方便挥手施展修复术。她原本以为一直施展这种魔法很困难也很累人，结果实际上却出乎意料地轻松。随着瑟西在屋子里来回穿梭、施展魔法，整栋宅邸逐渐恢复昔日的辉煌，这让她觉得自己仿佛正在施展时光倒流的魔法，重现出普琳罗丝与海瑟过去所见过的景色。

瑟西就这样不知不觉间又回到庭院，挥着手将倒塌的雕像一个个变回到原来的位置上，这时她突然发现有两名非常漂亮的女孩，正站在普琳罗丝和海瑟的地下圣堂前，看着雅各刻在墓碑上的文字：

三姐妹，永不分离。

她们俩的外表就和瑟西想象的一模一样。

普琳罗丝有一头鲜艳的红头发，脸颊和鼻子上有淡淡的雀斑。她的脸蛋曲线柔和，一副精神奕奕的模样。瑟西感觉得到玛妮亚的血液在她体内流动，不知道普琳罗丝自己是否有注意到这点。接着是海瑟，在瑟西看来，海瑟就像一位轻飘飘的死亡女神，她的银色长发如瀑布般从肩膀直直垂落到腰间，面色苍白且微微发亮，看起来不太像凡人。

那两名少女同时转身看着瑟西，脸上露出笑容，她们的眼中没有半点疑虑或恐惧，就像是看到熟人般地看着她。

红发美人普琳罗丝开口说："你肯定就是瑟西了。"瑟西吓了一跳："你怎么知道我是谁？"

普琳罗丝和海瑟彼此对看一眼，笑着回答："我们知道关于你的一切，瑟西。我们也期待能在这里找到你。"

瑟西走向前迎接她们。亲眼见到这两位女巫复活并回到家园，让瑟西觉得高瑟与姐姐分离的故事变得更加真实："那么我猜你们也知道关于高瑟的事了？对此我深感难过。"

两位少女再度微笑："亲爱的瑟西，这一切我们全都早就知道了，请别为我们感到担心或难过。当然，我们也为高瑟感到心痛，但她选择了自己的路，就像你也即将选择自己该走的道路一样。"瑟西很好奇她们怎么好像知道很多事情，但又觉得开口问这种问题很失礼。

普琳罗丝咯咯笑着说道："这问题一点也不失礼，瑟西。我们都很信任你。"于是瑟西静静地站在原地，等普琳罗丝继续解释下去，"自从我们失去生命后，就一直处在生死交界的未尽之地。由于高瑟一直保存我们的肉体，所以我们仍然与这世界联系在一起，但我们的灵魂只能卡在非生非死之地。"瑟西听完感到十分震惊，一想到她们一直被困在生与死的交界处，不禁打了个冷战。

一直沉默不语的海瑟终于在这时开口说话："刚开始确实很难熬，直到我们学会倾听。"她的声音令人感到平静，"我很希望高瑟也能和我们在一起，希望她也有机会去聆听并从中学习，好好花时间休息，摆脱我们母亲的所作所为在她心中留下的阴影。我希望她和我们一样有足够的时间，让玛妮亚的血液逐渐赋予她力量。若是如此，就能实现我们三姐妹一起成为女巫的愿望了。"

瑟西为这三个永远无法团聚的姐姐感到心痛，不知道该说些什么才好。情急之下干脆转移话题："宅邸里的晨间起居室就和你们离开时一样漂亮，你们看了一定会很高兴。"

普琳罗丝和海瑟环顾一下四周："这附近看起来确实和我们离开前几乎一样，谢谢你。"

"那么，我陪你们走回家，好吗？我想向你们介绍我的表亲白雪。她正在你们的藏书室里，寻找某篇故事遗失的书页。"

普琳罗丝眯起眼睛："遗失的书页？那个故事很重要

吗?""唔,白雪似乎是这么认为的。自从我们读了高瑟的故事以后,她就一直沉迷于研究死亡森林的故事。"

"如果遗失的书页是从童话书上被人撕掉的话,我不认为她能够在我们的藏书室里找到剩余的部分。雅各很久以前就把藏书室中所有重要文件都藏起来了,因为他想要保护高瑟,不希望她读到任何可能会伤害她的故事,或是任何招魂书,那会引诱她犯傻想不靠黄金花就复活我们。"瑟西一边听一边提醒自己,眼前这对女巫姐妹在未尽之地待了非常非常久,所以她们知道的事情可能比自己还多。瑟西提醒自己必须记住,她们俩的年龄加起来其实已经有数百岁了。"没错,虽然我们总觉得自己的年纪好像跟你差不多大而已,不过,或许是因为我们的肉体年龄都没改变吧。"普琳罗丝笑着说道,"好啦,我们是不是该去找找看,睿智的雅各把书籍和文献都藏去哪里了。以防被我那位疯子妹妹看见。"

瑟西一时之间不知道该怎么回应才好。虽然普琳罗丝对自己小妹会有这种看法也不令人意外,但想不到她这么直言不讳。

"我们还是很爱我们小妹,瑟西,真的。但我们也很清楚她都做了些什么。我们看她比她看自己还透彻,毕竟在未尽之地，除了倾听与学习以外无事可做。别误会，我们确实为她的死感到难过，不过哀悼她的时间已经太久了，早在她化为尘土、进入陨灭迷雾与祖先们做伴以前，我们就在哀悼了。"

接着她们一起沿着瑟西与白雪曾经在童话书上读过的一条小路走着，途中经过在枯萎垂柳树下哭泣的一排排天使雕像，长柳枝低垂随微风摇摆，使阳光闪烁舞动。最后她们抵达一座地下圣堂，其彩绘玻璃的主题是一颗巨大的心脏图案，瑟西想起来她在高瑟的故事里读过这座地下圣堂，于是不禁倒抽一口气，这也惊动了另外两名年轻女巫。

"怎么了，瑟西？你还好吗？"瑟西有些不知所措，不知道唤醒早已安息的雅各真的好吗？就算需要他的协助，但打扰死者真的妥当吗？

"放心，瑟西，他见到你会很开心的。唤醒他吧。"

"见到我会很开心？但他又不认识我。"瑟西隐隐约约觉得这对女巫似乎还知道更多她不知道的事情。

"他知道你是谁。你母亲们寄给他的一堆信中，全都会提到你的事情。"普琳罗丝和海瑟笑着对瑟西说道，语气就像是在跟老朋友说话，而不是把她视为才初次见面没多久的陌生人。这感觉真奇怪，她们似乎对她了如指掌，她也觉得和她们相处很愉快。在这美丽且陌生的地方，她却莫名地感到轻松自在，太古怪了。

"但那些信件提到的人不是我，而是她们真正的妹妹，信里所写的那个瑟西，早就去世了。"瑟西的声音越变越小。

海瑟用鼓励的语气回答："喔，你就是她，瑟西。你不仅是真实存在的人，而且命中注定就是瑟西。现在，请呼唤冥爵雅各吧。我跟你保证，如果他还在的话，一定会回应你的。"

"召唤的咒语是什么？"瑟西似乎正站在某条分界线上，仿佛接下来她要做的事情将永远改变她的人生。

"没错，你是个有远见的女巫。"海瑟知道瑟西在想什么，"不需要任何咒语，用你自己的话来召唤雅各就好了。"

瑟西深吸一口气，接着说出浮现在脑海的话语。那些话语并非出自哪本魔咒之书，而单纯是发自内心。

"冥爵雅各，生者又再次需要您的协助了。如果要问有谁应得安息，那人必定是您，请原谅我们明知如此仍前来打扰，唤醒您对我来说也是一件痛苦的事情。"普琳罗丝和海瑟听到瑟西的措辞后，露出会心一笑的表情。瑟西看得出来她们认同她的话。

过不久，墓穴的门慢慢开启，伴随而来的开门声是刺耳的石头摩擦声。瑟西现在可以理解为什么高瑟听到这个声音时会浑身不舒服了。

雅各走出门口，耀眼的阳光让他不得不眯起双眼。他的外表和瑟西预期的很接近，是非常高的大个子，从轮廓可以看出他活着时一定很英俊。雅各拿着一顶高礼帽遮住阳光，慢慢从墓穴中走出来。等他的眼睛比较适应光线以后，他看见她们，他的女巫们。他的普琳罗丝和海瑟。雅各僵硬的脸上露出微笑，瑟西觉得这一幕很温暖人心。那对姐妹奔到亲爱的老友身边紧紧抱住他，接着他抬起头来看向瑟西。瑟西觉得很意外，雅各的表情就像是认得她一样，要不是瑟西知道雅各的来历，她可能会以为这名男子认识她、喜爱她，并且很高兴终于见到她了。

"嗯，看来三个女巫合而为一的人终于来到死亡森林了。但她是如预言所说那般，是和她母亲们一起来击溃我们的？还是说，她母亲们已经安全地藏起来了，就如祖先们所期望的那样？"

瑟西被这问题吓了一跳，困惑得不知道该怎么回答这个问题。

冥爵雅各低头看着普琳罗丝与海瑟，问道："她还不知道是怎么回事吗?"

两姐妹同时摇头。普琳罗丝开口回答:"嗯，她是和白雪一起来这里寻找有关她母亲们的答案的。我想是时候告诉她真相了。"

第 **12** 章

露辛达

白雪挪动到晨间起居室里坐着看书，身边堆满从藏书室里搬出来的书籍。她喜欢这个房间远胜于其他房间。死亡森林透过窗户照射进来的阳光，为晨间起居室投入亮丽的光彩。不过白雪心里却觉得难过，因为高瑟希望姐姐们能喜欢上这间特地为她们打造的房间，然而高瑟自己却没那么欣赏这个房间。白雪不禁想起她在高瑟的故事里读过某个篇章，内容是关于高瑟为姐姐们举办冬至庆典，以及高瑟多希望她们会爱上一起住在这栋屋子里的感觉。

　　这时传来一个声音打断白雪的思绪："白雪，我们有伴了。"

　　白雪抬起头来看见瑟西和另外两位漂亮的姑娘站在门口，三个人手中都抱着厚厚的文件与书籍。

　　"普琳罗丝！海瑟！"白雪兴奋地站起来，从窗边的阅读小角落奔向那对年轻女巫，并给她们大大的拥抱，就像见到相识多年的朋友一样，而非初次见面。

普琳罗丝笑道："我就知道你是和蔼可亲的人。"她一边说一边放下手中的书和文件，"而且还是个大美人，我没想到你会这么美丽。"白雪听到这番话羞红了脸，低下头来看着地板。每当有人称赞起她的外表，她总是感到不自在，美貌对白雪来说并不重要，那不是她获得自我肯定的地方。白雪从小看着后母对虚荣心的执着长大，所以她很久以前就已经知道，真正的美应该存在于内心。

"来，快进来坐坐。我才刚泡好一壶茶，够我们四个人喝。我再去多拿几个杯子回来就好。"

海瑟拉住白雪的手说道："没关系，亲爱的，这点小事让雅各来处理就好。"白雪四处张望，想看看她书中读过的那名男子，"雅各？他在哪里？"

海瑟朝门外看去："就在门外，只不过他担心他的外表会吓到你。"

白雪立即跑到门外，果然看见雅各站在走廊转角处。"雅各，很高兴能见到你。"她双手轻轻捧住他的脸颊，"你和我想象中的一样英俊，怪不得玛妮亚那么爱你。"雅各没有回话，任由白雪拉着他走进晨间起居室里和女巫们一起坐下。"各位别客气，请坐下来喝茶。"普琳罗丝不禁笑了出来，白雪顿时觉得自己犯了傻，竟然在女巫家里当起女主人来，"抱歉，我反客为主了。我不是故意……"

海瑟打断白雪的话："没事的，白雪。我们一直认为你是很贴心的人，所以见到你本人实在太开心了。"白雪也有相同的感受，她对眼前两位从高瑟故事里走出来的女巫深感钦佩。当初她读到海瑟与普琳罗丝的故事时，原本还以为自己永远没机会见到她们，没想到此刻她竟然在对方家里与她们对话，这是她近年来经历过最美妙的事情之一。

雅各站起身来清了清嗓子，引起白雪注意："听说你正在寻找某篇故事遗失的部分，请问你方便告诉我是哪篇故事吗？或许我帮得上忙。"

白雪紧咬住半边嘴唇，不敢直接回答雅各。她不忍心当场说出那是有关于他的故事。要求他提供关于自己如何死去的故事似乎不太恰当，她不想让他遭受二度伤害。普琳罗丝见状，主动开口说："别担心，白雪。雅各是来帮忙的，而且我们也不会认为你会故意伤害任何人。"

白雪微微一笑，用开玩笑的语气说道："你也读得出我内心在想什么吗？也就是说，我被一群会读心术的人包围啰？"

普琳罗丝呵呵笑地回答："亲爱的白雪，我们听不见你的内心话，但我们听得见瑟西的，而瑟西又听得见你的。所以说，我和海瑟只是大概知道你现在心里有所顾虑而已。这实在是很奇怪，对吧？而且一定让人觉得非常困扰。我们会尽量不让你有这种感受。我还记得以前我也很怕被别人知道自己的心情或心事，不过现在反而觉得这样还蛮方便的。"

　　"我想这确实可以让许多复杂的事情变简单。"白雪笑着回答，接着转头看向雅各，"亲爱的雅各，我正在读童话书里一篇关于你和玛妮亚的故事，那篇故事断在纳斯蒂正威胁说要杀了你的地方，故事标题名为《祭悼盒》。"

　　雅各听到后重心突然变得不稳，一副要跌倒的模样。"雅各！请快坐下。"白雪急忙扶住雅各，帮他坐回到椅子上并端了杯热茶来，"来，亲爱的，喝点茶压压惊。"白雪端茶给他的同时，低头看着他的双眼。雅各的眼睛很漂亮，或者应该说，白雪相信雅各还活着的时候，眼睛一定很漂亮。她几乎能够透过雅各的双眼想象出他年轻时的样貌，而当白雪再度想起《祭悼盒》这篇故事时，她觉得非常难过。普琳罗丝和海瑟坐到雅各左右两边，分别握住他的双手。白雪看得出来雅各不太自在，因为他不习惯受到众人关注，而这对女巫姐妹能回来，雅各真的很开心，因为他并没有抗拒她们的行为。

见到雅各被两位女巫左右围攻，白雪莞尔一笑。瑟西单膝跪在雅各面前，将手放在他的膝盖上。

"雅各，你还好吗？有什么我能为你效劳的吗？如果我们的到来让你感到心烦意乱，我很抱歉。"

"没事的，小女巫。这里非常欢迎你。我一直很期待你到来，死亡森林里的祖先们早就预言过有一天你会来到这里了。"瑟西露出困惑的表情。"我想你最好还是先读读看这个。"雅各将他一直拿在手中的一叠纸交给瑟西，那叠纸像是从某本书上撕下来的。

"《祭悼盒》！这不就是白雪一直在找的故事吗？"

白雪从瑟西手中接过那叠纸快速检查一遍，心脏怦怦直跳："没有错。"接着白雪起身跑到刚才阅读的小角落，从一堆书里抽出童话书，然后转交给瑟西，"我应该早点告诉你的，只是我一直想先确认自己疯狂的结论是否正确，才拖到现在。"

普琳罗丝看着白雪笑着说："你的结论绝不疯狂。"

"来，我想大家得从头开始读起。"白雪将童话书翻到《祭悼盒》那一页，把书摆到所有人都看得到的地方。

"喔，我跟海瑟都知道这故事。"普琳罗丝说道，"至于雅各，我敢说就算他想忘也忘不了吧。"

白雪满面通红，把书递给瑟西，瑟西立即全神贯注读起这篇故事的上半部分。"他当然忘不了。我光是读过以后，心里就充满挥之不去的恐惧。不过我还是很好奇，究竟是谁把后面的故事给撕下来的？"

"是我撕的。"雅各答道，"当初这么做是为了保护我那可怜的小女巫高瑟。我答应过她母亲会好好保守秘密。但现在看来，我将这故事藏起来也许反而只是造成更大的伤害。"

"你想保护她是理所当然的，雅各。真的。请你别自责。"白雪强忍着泪水说，"但我一直以为童话书是古怪三姐妹的东西。你怎么会有这本书？"

雅各扭曲僵硬的脸颊露出古怪的笑容："确实如此，但并非总是如此。"白雪明白他的意思，从翻开这本书开始，至今所发生的一切，似乎都是为了引导她和瑟西来到死亡森林。自从她读过高瑟的故事后，心中的所有揣测都一一应验。

接着她听见瑟西倒吸一口气的声音。瑟西一副魂不附体的模样，面色苍白得活像只幽灵，吓得瞪大了双眼。

"瑟西，怎么了？"白雪慌张地问，"你读完上半篇了吗？"瑟西一语不发点点头，显然还在消化中。

白雪走到瑟西身旁，伸手轻轻搂住这位小表亲："那么，我们一起读下半篇吧？别害怕，我会陪在你身边。"

玛妮亚蜷缩成一团，看着雅各的尸体倒在地板上。她母亲割断了他的喉咙，玛妮亚泣不成声，哭到喘不过气来。

她做了选择，而这个选择的结果却让她痛失最心爱的人。

"妈……求你……别夺走……我的孩子！"玛妮亚说不出完整的句子，就像悲伤与话语卡在喉咙里。她觉得自己像陷入一场永远醒不来的噩梦中。除了哭泣以外，她无能为力，什么也做不了。纳斯蒂太强大了，不论她想对自己女儿做什么，其他人都无法阻止。玛妮亚抬起头，用悲伤的双眼恳求道，"拜托，妈。"

纳斯蒂伸手轻轻拍着女儿的头，就像是在安慰因为被忽视而无理取闹的孩子或宠物一样。"乖女孩，别哭了。我保证你会对你女儿们感到非常满意。"

玛妮亚觉得她的人生崩溃了。为了拯救女儿，她背叛了自己最心爱的男人，然而她母亲丝毫没有动摇，依旧按照原本的计划行事。玛妮亚甚至不敢用她那微弱的魔法抵抗母亲，因为她的魔力太弱了，要是她母亲有心的话，甚至随意使一个眼神就能杀掉她。

"我亲爱又糊涂的乖女儿，这就是你固执己见的下场。你本来可以同时拥有雅各和三个女儿，你却选择跟我作对，结果当然就是自讨苦吃。"

玛妮亚哭得更惨了，她趴倒在雅各怀里猛啜泣："我最心爱的雅各，对不起。对不起，请原谅我，噢，请原谅我。"

纳斯蒂已经失去所有耐心，她往空中一挥手，便将玛妮亚狠狠撞飞到墙上："给我闭嘴！别再胡言乱语了，玛妮亚！我可不准我女儿为了区区一个人类贬低自己！"纳斯蒂一边说一边抱起女婴，"好好冷静一下，现在开始表现得像未来的冥后！听懂没？"语毕，她就带着女婴转身离开房间，留下玛妮亚独自倒在地板上。陪着她的，只有雅各的尸体。

玛妮亚徒劳地尝试帮他止血，衣服和双手沾满了鲜血。最后她只能坐在地板上为痛失爱人而哭泣，为了失去如幻梦一场的母女感情而哭泣。

当然，也为了痛失爱女哭泣。她的宝贝女儿。

她母亲已经破坏了祭悼盒，而没有祭悼盒，她不知道该如何才能与祖先们联系。祖先们曾保证一切都会没事的，保证不会让事情发展得太过火。

玛妮亚别无选择，只能够信任祖先们，信任他们不会让她女儿发生任何意外。

她坐在地板上，琢磨着接下来还会发生什么事，这时她母亲的骷髅爪牙进到房间里，骨头嘎啦嘎啦响着，在石地板上发出刮擦声。玛妮亚从小就看着这群沉默、郁郁寡欢的怪物在宅邸里鬼鬼祟祟、来来去去。纳斯蒂把活死人当作奴仆，而他们总是无所不在，随时等着冥后下达命令。玛妮亚一看到他们就觉得受不了。等她未来成为死亡森林的冥后，她一定会把活死人赶得远远的，如此一来就不必再忍受那空洞的眼窝老是盯着她看。那群畸形的骷髅聚集在雅各的尸体旁，随随便便地抬起他的尸体准备离开。玛妮亚哭喊道："你们要把他带去哪里？"活死人没有回答，他们从不回答。玛妮亚无法忍受他们沉默以对，因为沉默的声音比一千只鸟身女妖集体发出的叫声更尖锐、更致命。沉默不语让她难以呼吸。

玛妮亚瑟缩在墙角，身上沾满爱人的鲜血，眼睁睁看着骷髅奴仆搬走他的尸体。

她看着空荡荡的乌鸦巢摇篮，心里逐渐感到麻木。玛妮亚别无选择，只能等着看接下来事情会变怎样。纳斯蒂太强大了，她是这片森林的冥后，而祖先们除了确保她母亲不会将领土扩展到森林以外的地方，其他事都不管。玛妮亚不曾如此孤单寂寞并且惊恐万分。

窗外的天空逐渐变成蓝紫色，从育婴室的窗户往外看，外面仿佛是另一个世界。一个她不敢面对的世界；一个没有雅各的世界；一个纳斯蒂是她母亲的世界。于是她只能瑟缩在墙角，等待母亲回来，等待母亲将她女儿带回到她身边。她提醒自己，是"女儿们"才对。再不久她就有三胞胎女儿了。到时她分辨得出哪一个是她的亲生女儿，哪两个是母亲创造的可憎之物吗？她有办法看出哪一个是她的亲生骨肉，哪两个是用魔法创造出来的吗？

"乖宝贝，她们都是你女儿。三个都是。我知道你会平等地爱着她们。"

纳斯蒂出现在门口，左右两边各站着一名骷髅奴仆，三个人手上都抱着一个婴儿。玛妮亚感到头晕目眩，育婴房也变得摇摇晃晃。当她绝望地试图从眼前三个女婴中找出哪个是她女儿时，一切都变得模糊不清。

"仔细瞧瞧你女儿们，玛妮亚。"当纳斯蒂与其骷髅奴仆将三个女婴放进乌鸦巢摇篮时，纳斯蒂露出欣喜若狂的表情，"看啊，亲爱的，她们多完美。"

玛妮亚慢慢地站起来，她的步伐像是在踩水一样沉重。这肯定只是一场噩梦，不可能是真的，但她们确实就在那里，她们三个，完美无瑕，毫发无伤。

"她们将成为这世上最强大的女巫！记住我说过的话，玛妮亚。你女儿将会摧毁所有敢跟我们作对的敌人！"

"你做了些什么？我的女儿们会这样吗？"

纳斯蒂放声大笑，玛妮亚从未听过她母亲这样笑，那股笑声听起来既邪恶又残酷，充满了疯狂与轻蔑。"她们将为这世界带来黑暗，亲爱的。她们的凶残将被人编成歌谣传遍所有王国！"

玛妮亚看着她的三个女儿，分不出谁是谁。她们三个长得一模一样，就像在看镜子里的婴儿一样。"哪一个才是我女儿？"她问道，但纳斯蒂听到以后反而笑得更大声。

"她们都是你女儿，玛妮亚。"

玛妮亚忍不住大叫："但哪一个才是露辛达？"除了其中一个婴儿以外，另外两个都被她的尖叫声吓哭了。于是她知道了。玛妮亚的内心有股声音告诉她，没有哭的那个就是露辛达。她真正的女儿。第一个女儿。

"她们都是露辛达。永远都是露辛达。她们是三人同心。"纳斯蒂说道，"但你可以给她们取不同的名字，赋予她们各自的力量，为她们奉上你的爱与指导。她们都是你的。三个都是。"

纳斯蒂说完便离开育婴室，留下玛妮亚和她的女儿们独处。玛妮亚抱起露辛达，低头看着另外两个婴儿。

"鲁比，"玛妮亚先为其中一个命名，"还有玛莎。"她低头看着摇篮里天真无邪的婴儿，"露辛达、鲁比和玛莎。"

"但你们永远、永远都是露辛达。"

第 13 章

死亡森林的厄兆

一群乌鸦在死亡森林的上空盘旋群聚，像不祥的乌云般遮住了阳光。它们嘎嘎的尖叫声，宛如从另一个世界发出来的惨叫，令人不寒而栗。

白雪和女巫们把故事放下，跑到晨间起居室的窗户前，看看究竟发生了什么事，结果发现那群在空中盘旋的乌鸦围绕着宅邸飞舞，并且越来越靠近。白雪吓得倒吸一口气："这群乌鸦是谁派来的？"

瑟西毫无头绪，但不知为何她觉得这群乌鸦似乎是冲着她来的，可是她完全不清楚是怎么一回事。最怪的是，她从那群乌鸦身上感受不到任何一丝气息。它们体内毫无生命力可言，完全没有。

海瑟悠悠地说道："因为它们已经死了，瑟西。它们是你母亲派来的死尸。"

瑟西心里一阵紧张："你确定吗，海瑟？我从没见过母亲们差遣乌鸦或命令死尸替她们做事!"

普琳罗丝眯着眼睛望向那群引人注目的乌鸦,仿佛在打量、侦测些什么瑟西察觉不出来的东西:"它们是玛琳菲森的乌鸦,不过派它们来的是古怪三姐妹没错。"

这番话让瑟西大惊失色:"意思是我母亲们死了吗?还是她们派玛琳菲森要来摧毁我们?"海瑟答道:"不,她们还活着,而且她们确实能控制死尸。就跟她们的母亲,以及她们母亲的母亲一样。至于现在,她们准备要来收复这块属于她们的领土了。"白雪惊慌失措地问:"什么意思?你母亲们要来这里了吗?"

瑟西不明白为什么这对女巫姐妹会知道这么多事情,但她信任她们。虽然她也说不出信任的原因,总之她就是这么觉得。瑟西对着女巫姐妹说道:"如果是这样,那我得带白雪离开这里才行。抱歉,我母亲们不知为何对白雪积怨已久,要是让白雪继续留在这里,她会有危险,我们必须赶紧离开!"瑟西拉起白雪的手准备逃跑,虽然很不愿意留下雅各、普琳罗丝和海瑟独自和古怪三姐妹对抗,但是带白雪来死亡森林是错误的决定,她想马上带白雪离开这里。"我保证很快就会回来,一旦把白雪送到安全的地方就马上回来。"瑟西心里感到冲突与矛盾,同时觉得自己把自己逼入了绝境。

海瑟的灰色眼睛蒙上一道阴影:"你母亲们在乌鸦之间移动,在风中飘浮,在影子里穿梭,在大海上行走。她们于烛光中显现,随烟雾飘荡,并游走于我内心深处。"

"你在说什么,海瑟?"瑟西问道,但仍担心母亲们可能会随时随地冒出来扑向白雪。

"我姐的意思是说,你母亲们无所不在,根本就无从躲避,所以还不如就留在这里等着面对她们吧。"普琳罗丝答道。打从瑟西第一眼见到她们起,普琳罗丝脸上那副灿烂、友好的笑容就一直保持,即使现在也是如此。

"那白雪该怎么办?"

"亲爱的瑟西,这也是白雪的故事。你还没注意到吗?现在我们所有人的命运都息息相关了。"海瑟说道。

"但白雪不是女巫啊!"

"没错,不过她母亲是女巫。虽然她们是没有血缘关系的母女,但是却有比血缘还纯净且深厚的感情,因此白雪早就被卷入这个童话故事中了。"

"我母亲们多久后会抵达这里?"瑟西看着窗外的乌鸦问道。

海瑟和瑟西一起看着窗外的乌鸦,不同的是,海瑟似乎能从它们身上看出答案："我们还有时间。她们的力量还没完全恢复，暂时无法回到人世。"

普琳罗丝接着说："对，还有时间，甚至比我们预期的久。你不知道的事情还很多，而我们希望在你了解真相的过程中，能一直陪在你身边。我们想助你一臂之力。"

瑟西来这里的目的，原本是想来帮助普琳罗丝和海瑟的，以为她们会感到寂寞、害怕且迷惘。没想到事实正好相反，原来瑟西自己才是迷惘无助、需要帮助的人。瑟西打从心底感谢这对女巫姐妹在这里陪伴她。谢天谢地，她回到家了。

这里是我的家乡。瑟西有生以来第一次感觉自己终于找到了归宿。当然，晨星王国以及母亲们的姜饼屋都让她感到相当自在，但都不能跟这里相提并论。瑟西觉得死亡森林真的是她的归处，不论按理或按血缘，总之她可以感觉自己与这片森林有所联系。她将留在这里。这里就是她会称为家的地方，同时让瑟西感到舒适与害怕的地方。

海瑟说道："没错，亲爱的。这里就是你的家。这是你的土地，也是我们的土地。你是露辛达、鲁比和玛莎所生的孩子。在你母亲们去世之后，你将继承这片死亡森林。”

这实在是太过分了。瑟西对母亲们感到越来越生气，没想到她们竟然隐瞒她这么多事情。太多不为人知的秘密了。

“那为什么她们不是在这里长大的？还有，为什么当年我母亲们第一次来这里和你们见面时，没有说明她们是谁？”

一直静静坐在椅子上的雅各终于开口说话了。他低沉的声音突然响起，吓到在场所有女士。因为雅各实在太安静了，大家差点都忘记他的存在，“因为玛妮亚将我们的女儿送养出去了。但没有错，我的外孙女，瑟西。这故事还有很多内容要补充才行。”

瑟西的脑袋一时之间还转不过来。直到刚才她都在担心白雪和母亲们的事，脑中处于混乱、困惑与不知所措，还没注意到这么说来，雅各算她的外公。

“亲爱的瑟西，你会觉得混乱和困惑是理所当然的。雅各也明白这点。”普琳罗丝提醒瑟西，“即使再厉害的女巫，也无法一下子吸收这么多消息。不过你是这个时代最强大的女巫，甚至比你母亲们还强，比我们母亲还强，更不用说历代祖先们了。你有阻止你母亲们的力量，瑟西。

我们只希望你选择阻止她们的方式是对的。"

雅各站起身来，一只手轻轻放在瑟西的脸颊上："唉，我多希望玛妮亚能拥有你的坚强与力量，如果那样或许就不会衍生出后来的事情了。真希望我们当初没有将女儿送养出去，那样，如今她们也就不会回来破坏一切了。"

普琳罗丝温柔地握住雅各双手："无论是谁或是当初做了什么，露辛达、鲁比和玛莎都注定走上这条道路。这不是你的错，雅各。"

瑟西终于忍不住开口问："你们究竟是怎么知道这一切的？就算你们是女巫，知道的事情也还是多到让人觉得不可思议。"她看着普琳罗丝，想知道她们为什么对她和她母亲们的事情了如指掌。

"因为在未尽之地，只要你认真倾听，不论发生什么事都能听得一清二楚。"普琳罗丝答道，"而我们除了倾听以外，也没别的事可做。就跟你母亲们老是藏在镜子后面偷窥别人在做什么一样，我和海瑟总是在更后面的地方倾听一切。"

瑟西听完后不禁打了个冷战。她突然担心母亲们是否也正在偷听她们说话："那你觉得我母亲们现在也在未尽之地吗？她们正在窃听我们交谈吗？"

"我认为是的。"海瑟回答，"我感觉得到她们，但离我们还很遥远。"

第14章

仙女议会

南妮看着仙女教母四处飞来飞去，忙着为仙女议会做准备。仙女教母先把茶和小蛋糕端出来，然后摆上粉红色糖霜饼干，接着又忙着为司康松饼配上她手边最好的果酱。要是南妮不知情的话，她可能会以为妹妹正在准备举办下午茶聚会，而不是准备召开如何阻止古怪三姐妹企图摧毁仙境的作战会议。

"姐，你可以帮我变出一组有粉红色玫瑰花纹的茶具吗？我实在太忙了，要是有人帮忙就好了。"仙女教母边说边将一盘樱桃塔放到桌上。南妮听完便挥手变出茶具，仙女教母见状惊呼道："我希望你能用魔杖施展魔法！"接着对南妮摆出臭脸，不过仙女教母的臭脸在外人眼里看来，顶多只能说是稍感不悦的表情，一般人绝对看不出来她正在发怒，"一名真正的仙女会挥舞魔杖来施展魔法。"

"没必要动用魔杖的时候，何必特地拿出来呢？"南妮尽量克制自己不对妹妹发火，但自从她们回到仙境后，仙女教母就变得越来越像傻里傻气的标准仙女。

"还有，别忘了露出你的翅膀！"仙女教母尖声叫道。南妮叹了口气："好的，妹妹。"

"别对我翻白眼，姐！你知道有多少人类打从心底希望自己能有一对仙女翅膀吗？而你拥有了翅膀，却害怕戴上它们！"仙女教母发出不满的啧啧声。

"你也知道，我很乐意把这对翅膀送给更想要它的人。好了，趁我们还没吵起来之前换个话题吧。"南妮答道。

仙女教母变出漂亮的盘子、桌巾以及精致的粉红色与蓝色相间四层蛋糕："你说得对！那么，你和晨星联络过了吗？她有没有提到奥伯隆会不会来参加会议？"

"她没提到这件事，她和奥伯隆都忙着东奔西走。"

"我真搞不懂那位女孩！她怎么能在树王们身边蹦蹦跳跳？要是她父母知道了会怎么想？"

"亲爱的妹妹，恐怕这又是另一个我们无法达成共识的话题。"

"好好好！也许我们应该只专心为待会儿的会议做好准备，你可以帮我在所有椅背上变出缎带蝴蝶结吗？其他仙女马上就要来了。"

"蝴蝶结?"南妮不敢置信地问道。

"天啊,你真是帮不上忙!我自己处理好了!"仙女教母恼怒地挥舞魔杖,在会议桌旁的椅子背面,变出花哨的粉红色蝴蝶结,然后向后退一步,认真观察自己的工作成果,"我觉得看起来很漂亮,你觉得呢?"

南妮看了看周围,心里不禁苦笑,她四周原本就有许多盛开的樱花树,现在再加上仙女教母的布置后,她发现自己被一团粉红色包围住了。南妮再次告诉自己,这就是仙境。她祈求众神赐予她力量,让她对仙女们有足够耐心,尤其是对她妹妹。

待南妮和仙女教母结束准备后,出席议会的仙女们开始集合。南妮和妹妹将场地安排在庭院里,就在一比一尺寸的奥伯隆雕像喷泉附近。樱花飘落至池面与路面。重回旧地让南妮想起玛琳菲森,并因此再度感到心痛。但她强迫自己立即将心痛的感觉甩掉。南妮很气瑟西在那么遥远的地方,尤其是现在她母亲们正逍遥法外,格林海德也可能随时出招。再说,古怪三姐妹若真有办法召唤出玛琳菲森怎么办?她有办法面对玛琳菲森吗?南妮试图消除所有恐惧。想想看,至少她不需要担心晨星,只要晨星和奥伯隆在一起就很安全,他会保护好晨星的。

但瑟西呢？瑟西一直没有传来新的消息，南妮开始变得烦躁不安："妹，我想稍微离开一下联络瑟西，一下就好。我很担心她。"

"没时间了，所有人都到齐了。"南妮叹了口气。

"然后你又忘了露出翅膀！"仙女教母拿出魔杖轻拍南妮的背，"比比迪巴比迪布①！这不就出现了！"南妮深吸一口气，克制自己想发火的冲动，尽管她超级讨厌比比迪巴比迪布那串废话咒语，也讨厌背上的翅膀。

南妮永远承受不住这对翅膀的重量。它们在心理层面上的沉重令人难以忍受。她还记得玛琳菲森小时候曾经因为没有仙女翅膀而难过，当时她是这样告诉玛琳菲森的："亲爱的，翅膀其实并没有人们吹捧的那么好！我跟你保证，你完整无缺。"南妮不禁苦笑。曾经说过这番话的她，如今怎么会在仙境里听她妹妹命令露出翅膀？"我可爱的小仙女，你认为仙女可以随心所欲地飞翔，因此很自由吗？"她曾经对玛琳菲森这么说，"唔，亲爱的，没有翅膀的你比仙女们更加自由。总有一天你会明白的。到时你会很庆幸自己没有仙女翅膀。"

① 比比迪巴比迪布：是仙女教母在《仙履奇缘》这部电影里的咒语兼电影主题曲的名字。

所有仙女都在庭院里集合完毕，她们唧唧咕咕赞叹庭院的装饰如何如何，同时也叽叽喳喳谈论着古怪三姐妹的事情。"仙女们，仙女们，请就座！"仙女教母像个严厉的女校长一样拍手叫道，想让仙女们将注意力转移到她身上，接着坐在会议桌中间背对一棵樱花树的座位上，"姐，你就坐我右边吧。"她拿起魔杖拍拍她旁边的椅子，魔杖前端每拍到椅子一下就发出一小串闪烁的亮光。南妮认为仙女教母并不是刻意要显得如此跋扈，只是她的言行举止生来就有这股气质，仙女教母最偏爱的仙女蓝天仙子也是这样，蓝天仙子跟翡翠仙子与花拉仙子说话时老爱粗声粗气的。

"翡翠仙子！花拉仙子！快坐下！"蓝天仙子大声嚷嚷道，"看看这特地为我们摆出来的丰盛点心！而且天气多么美丽！你们小心点，可别把茶水或果酱沾到这张漂亮的桌布上！"

南妮笑着说道："仙境每天都是阳光普照的好天气，不是吗？我无法想象这里阴沉沉的模样，我妹决不会让这种事发生的！"

三个善良仙女紧张地笑了笑，在场只有蓝仙女见到南妮仍显得自在："您好，南妮，很高兴再次见到您。"老实说，南妮一直不太习惯蓝仙女身上散发出来的微光，但她从以前就一直觉得蓝仙女心地善良，完全体现南妮认为仙女该有的典范：温柔体贴、充满关爱并懂得如何栽培孩子。

"我也很高兴见到你！"南妮答道。其实南妮还想告诉蓝仙女，说自从多年前她在仙女考试时声援玛琳菲森以后，她就一直在自己心里占有一席之地。不过南妮不想引起其他仙女不快，因此她没有将这些话说出口，而只是对蓝仙女微微一笑，希望对方能感受到她的敬意。

仙女教母开口说话："等各位都倒好茶、盘子上都盛满点心以后，我就宣布会议开始！我们今天聚集在这里，是为了讨论关于古怪三姐妹的严肃议题。"她一边说一边切下一小块粉红色蛋糕放到有玫瑰花纹的餐盘上，"喔，蓝天仙子！你一定会喜欢我今天准备的蛋糕，这是你最爱的柠檬口味！还有，翡翠仙子，这壶玫瑰果茶会让你着迷不已！花拉仙子从她的花园里采集到的蜂蜜实在是非常香甜，请各位务必要品尝一下！"仙女教母唧唧啾啾不停介绍桌上各种甜点，让南妮感到心烦意乱。"哎呀！看来我们的小蛋糕快吃完了！没关系，我这就补满它！"仙女教母露出心满意足的笑脸，挥舞魔杖将空荡荡的三层蛋糕架再次填满小蛋糕。

南妮不禁觉得她妹妹根本就没认真看待这场议会，而这正是南妮对仙境感到失望的原因：大难临头却还在傻乎乎地享受下午茶。明明仙女教母不久前还处于惊慌失措、语无伦次的状态，现在却优哉游哉地泡着茶、分送蛋糕，而不是赶紧召开作战会议谈正经事。难不成仙境的饮用水被人投了什么药，所以才导致这群仙女这么轻飘飘又呆头呆脑的？南妮发出清嗓子的声音，引来妹妹的侧眼。接着仙女教母说道："我想我姐姐，也就是传奇之人，不过为了表示亲切，我们今天称她为南妮就好，南妮已经离开仙境很长一段时间，久到已经忘了仙女的礼仪，所以她希望我们赶紧进入正题。"说完后她瞪了南妮一眼，但南妮严肃的态度并未因此而有所改变。

"古怪三姐妹的问题就是这么严重，我确实认为我们需要赶紧进入正题，以免仙境再次遭受破坏。"南妮说道，不给妹妹插嘴的机会，"我们应该通知奥伯隆和树王等任何愿意与我们并肩作战的盟友，而不是在这里悠闲地喝茶或用魔法变出蝴蝶结！"仙女教母说。

"听好了，我知道奥伯隆离开后是由你负责管理仙境的，但后来你放弃这件工作后，我才只好接手。而我不允许你在我的会议桌上发号施令！"

蓝仙女露出温柔的微笑对仙女教母说道："抱歉，教母，但我想南妮说的还是有点道理。要不是奥伯隆发现古怪三姐妹计划要让玛琳菲森起死回生，我们可能到现在都还不知道有这回事。老实话，我很惊讶他竟然还没回来跟我们一起计划该如何保卫仙境；更何况现在古怪三姐妹已经逃离梦之地了。很抱歉，教母，但南妮是对的，我们必须赶紧采取行动才行！"

"古怪三姐妹一直都是危险人物。打从第一眼见到她们开始，我就知道她们只会搞破坏和制造混乱！"仙女教母没好气地回答。

"胡说八道！"忍无可忍的南妮厉声说道，"你第一次见到古怪三姐妹时，她们还只是小婴儿！你怎么可能知道她们会变成现在这样？"南妮看见仙女们震惊的表情，显然她们从没见过有人敢公然反对仙女教母说的话，而仙女教母如惊弓之鸟般不敢置信地甩一甩头，接着变得异常愤怒。

"听好了！现在开始审理古怪三姐妹所犯的罪！她们将被载入史册！"教母气得浑身颤抖。

"她们的事迹早就记载在书里了，都在那本仙女童话故事集里！任何人只要读那本书就知道她们的罪状！"南妮觉得妹妹只是在浪费时间，因此语气显得烦躁。

"我要亲自记录在新的仙女案卷里！"仙女教母尖锐地叫着说，"她们的邪恶行径已经持续太久了！请容我陈述对她们的指控。"接着她清了清喉咙，"罪案一：白雪。古怪三姐妹过去折磨过这名可怜的小女孩，并将其后母格林海德逼疯，怂恿后母谋杀继女！谢天谢地，还好最后坏王后只成功让白雪陷入沉睡魔咒而已！事后古怪三姐妹又给了白雪一面镜子，而那面魔镜囚禁着格林海德的灵魂！如果这样还不足以说明古怪三姐妹的邪恶，请记住，这数十年来她们仍然不时入侵白雪的梦里吓她。罪案二：贝儿。古怪三姐妹怂恿瑟西诅咒一名王子，并误导城堡里的仆从们都认为他是一头野兽。但整起事件里，从头到尾最无辜的受害者其实是贝儿。古怪三姐妹透过邪恶的催眠咒，让可怜的贝儿逃进森林里，以便狼群捕捉她！"仙女教母停下来再次清了清喉咙，"罪案三：爱丽儿。简直就在嫌前面的指控还不够多似的，她们还跟乌苏拉密谋杀害爱丽儿！更别说同一时间她们还打算篡夺川顿王位、差点杀死艾力克王子。没错，除了爱丽儿以外，这案子再追加上述的两名受害者！罪案四：爱洛。古怪三姐妹用肮脏、堕落的黑魔法帮玛琳菲森创造了爱洛！虽然我们很爱这位可爱的公主——噢，天啊，可怜的女孩。但要是爱洛真的步上玛琳菲森后尘的话，那该怎么办？将未来的公主置于那样的危险处境，实在太不负责任了！罪案五：乐佩。她们不但私底下和可怕的盗婴女巫高瑟有勾结，还帮助她隐藏乐佩行踪，让那小女孩的家人伤心欲绝！"

南妮翻了个白眼。没错，虽然她妹妹说的都是事实，但那并不是所有故事的全貌。除此之外，她妹妹就跟往常一样，只字不提王子与公主以外的受害者。

"是的，对古怪三姐妹提出来的各项指控，请全部记录下来，想提多少就记多少，前提是我们躲得过她们的袭击。"南妮严肃地看了妹妹一眼，然后转头对其他仙女说道，"这么说可能会有人难以接受，但我真的认为古怪三姐妹会变成今天这样，有部分也是我们害的。当初如果有仙女愿意照顾玛琳菲森，古怪三姐妹后来也不会自找麻烦，帮她用魔法创造女儿。"

"南妮。"蓝仙女保持温柔的语气说，"我一直对玛琳菲森抱有好感，但不得不说，确实有位仙女一直在照顾她，那就是你。"

南妮看着蓝仙女的双眼满是关爱与友善，她不像其他仙女，只要一提到玛琳菲森，眼神就情不自禁流露出恶意。

"是的，但我辜负她了。当初要是我更用心地找到她、保护她，就不会发生后来这些憾事了。玛琳菲森也不至于将她最好的部分转移到她女儿身上，让自己变成无情的怪物。若是如此，她今天可能也会和我们坐在一起参与议会。我辜负了她，所有仙女都辜负了她。我们需要为此负责，确保同样的事件未来不会发生在其他需要帮助的年轻人身上。"南妮看了看所有仙女的反应，现场似乎只有蓝仙女同意她刚才说的那番话。于是她继续往下说，希望诚心诚意的话语能说服其他仙女们接受她的想法。

"我们需要重新思考'仙女应该帮助谁？'这个问题。玛琳菲森参加仙女考试时遇到的考题就是很好的例子。在白雪公主的情境里，她认为真正需要帮助的人是格林海德王后，而我也持相同意见。玛琳菲森无意间听见魔镜里的男人在折磨格林海德，于是决定帮助她，然而，尽管真正需要帮助的人是格林海德，玛琳菲森却因为没有优先帮助白雪公主而被视为违规！"

仙女教母听完怒斥道："真正需要帮助的人是格林海德？你是认真的吗？她可是企图谋杀女儿的人！"三个善良仙女立即表示附和，刚开始她们只敢发出咕哝声，但很快地一个人就说得比另一个人还要大声，不久后捍卫仙女教母的声音变得越来越嘈杂刺耳。

南妮不予理会，继续说："如果有仙女帮助格林海德走出丧夫之痛，并且保护她免受满口恶言的父亲虐待，她根本就不会向古怪三姐妹寻求帮助，然后被她们逼疯、企图谋杀自己女儿。这点简单的道理玛琳菲森早就明白了！玛琳菲森知道，帮助格林海德的同时，就等于拯救了白雪公主！"

"玛琳菲森之所以出手帮助格林海德，单纯是因为她们都很邪恶、同类相聚罢了！"仙女教母不满地回应。

"喔！我早该料到你的想法根本就没改变过，妹妹！要是你能够放下偏见，或许就会在你辜负玛琳菲森、害她自毁前程以前，看出她是独一无二、有天赋的女孩。"

仙女教母气得从座位上跳起来，双手握拳用力砸在桌上，茶壶和茶杯因为相互碰撞而咯咯作响："听好了，姐！不要再翻旧账了！我已经受够一再被人谴责是害死玛琳菲森的人了！况且这些事跟古怪三姐妹有什么关系？你可以说明一下吗？"

"这一切都和她们有关。我在说的就是像她们一样的女人：只因为她们生来不是美丽的公主，因此只能在没有仙女的指导与支持下求生存！但要是有适合的仙女照顾她们，那么古怪三姐妹现在会是这样吗？看看高瑟、看看乌苏拉，要是她们都有适合的仙女来照看，她们的人生很可能就会变得不一样！”

“她们是女巫啊！”

“瑟西也是女巫！但你还不是照样想让她成为名誉上的祈愿仙女！你之所以选择她，到底是因为她很漂亮，还是因为她是有天赋又善解人意的女巫？”

“我选择她，是因为她帮助晨星和贝儿时的表现很出色；我选择她，因为她是个天赋异禀的年轻女巫；但如果你真的想听实话，还有一个原因，就是想让她远离她的母亲们！当然，长得漂亮有什么不好？至少她不会像玛琳菲森那样，在考试时吓到要照顾的对象。”最后一句话让三个善良仙女听完咯咯笑起来，引来南妮愤怒的目光。

“看不惯玛琳菲森头上的角和绿色皮肤，那是你们的问题，不是玛琳菲森的错！”

“不，姐姐，我看不惯的是她黑心肠！就像我看不惯高瑟和格林海德的黑心肠一样！”南妮摇摇头：“要不是因为仙女考试那天，这几个差劲的仙女偷走玛琳菲森的乌鸦，以及你后来说的那些可怕的话，她才不会化身为暴怒与毁灭的烈火！早知道我就不该让你们这群傻瓜，将她的女儿送给史提芬国王和王后！喔，我知道他们一直渴望能有个孩子，也知道他们符合仙女守护的条件，都是好人、好父母，所以为何不干脆让这名女婴变成公主呢？谁知道这个决定，让我背叛了我视如己出的养女并伤透她的心，这就是为什么最后她会寻求露辛达、鲁比和玛莎的帮助！"

"亲爱的姐姐，看来你是故意忘记仙女为什么不应该照顾女巫吧，请回想一下，你第一次照顾的对象后来变怎样了。"

"你竟敢提起那件事！"

"你曾经尝试帮助过的每个女巫，到最后不但只会让你伤心难过，还会四处搞破坏、造成许多伤亡。不然我们究竟是为了什么，才努力想把瑟西拉入我们的行列？无非就是希望她能远离她的母亲们，以及你！"

南妮觉得自己像是被妹妹当场打了一巴掌："古怪三姐妹当时只是婴儿啊！我怎么知道她们未来会变成怎样的人？我只是按照当初立下的规则，将她们赠给王室家族，而且白氏一家也很开心地收养了她们。她们当时是仙女送子的首例，怎么能跟现在相提并论！"

"少来了，你明明就知道她们会变成什么样的人，你曾经亲口跟我说过，你看到她们的内心存在着邪恶。尽管如此，你却还是把她们赠给王室，所以才酿成连续好几代的祸害！是你坚持要给她们一次机会，你坚持说她们有机会走回正道并做大事。你拒绝面对真相，但其实你早就预见这一切了，难道不是吗，亲爱的姐姐？你明明早就看得见任何一个年幼无知的女孩未来注定成为什么样的人，你早就知道玛琳菲森会成为什么样的人，也知道露辛达、鲁比和玛莎会成为现在这样的人！"

"我在瑟西和晨星身上也确实看到这些转机了！难道我对她们付出的关爱完全没有弥补我曾经犯下的过失吗？你还看不出来这一切都是息息相关的吗？我已经为我的过错付出了代价，同时也尽力想弥补这一切。这就是为什么仙女需要改变施展魔法的对象，因为唯有如此，我们才能避免古怪三姐妹所引发的灾难！"

"你现在说的这些，到底跟古怪三姐妹有什么关系？"

"全都有关系！"一股洪亮的声音响起，庭院里的樱花树都为之抖动。所有的仙女都抬起头来往上看，发现奥伯隆就站在那里俯视着她们。奥伯隆虽然雄伟，令人肃然起敬，但他注视她们的眼神就像充满关爱的慈父。"南妮说得对。"他说道，"仙女们需要扩大帮助的对象！虽然我同意南妮的说法，这一切的确都和古怪三姐妹息息相关，但现在我们得将注意力转移到即将到来的威胁。我们必须开始准备仙境保卫战！古怪三姐妹用招魂术让玛琳菲森的死尸复活了，她现在正准备要来摧毁仙境，我们必须保护自己，同时也要保护死亡森林里的女巫们。"

"死亡森林？绝不！就让那些亡灵女巫自己保卫自己吧！既然玛琳菲森正赶来摧毁仙境，我们就需要将火力集中在这里才行！"仙女教母尖叫道，南妮听到以后大惊失色。

"妹！瑟西和白雪都还在死亡森林里，你怎么能说出这种话！"

"如果瑟西宁可待在死亡森林而非仙境，那么也许她根本就不值得我们保护。或许她就跟你以前照顾过的所有女巫一样，也是注定要让你伤心的。至于白雪嘛，必须赶紧找人用魔法将她传送回王国！不能让曾经贵为公主之人受到半点伤害。"

"看来你和你姐姐在晨星城堡共度的时光，并未改变你的仙女成见！"奥伯隆低头看着仙女教母，难掩失望与悲伤之情。但仙女教母反而双手叉腰，有些挑衅地正面直视奥伯隆。

"你总是站在南妮那一边，奥伯隆！总是如此。就连现在她都承认自己所犯的错了，你依然挺她！我已经为仙境付出了这么多努力，你却对我如此苛刻！"

"这就是你和你姐姐的不同之处。她勇于承认错误并吸取教训，试着让事情变得更好，而你却相反，这点让我感到难过。由于我离开仙境的时间实在是太久了，因此原本觉得自己无权评判是非对错，但现在看来，仙境还是需要我的指导才行。无论如何，现在所有人都必须先放下分歧，共同为了保卫仙境而战。"

这番话激怒了仙女教母："我真想下台，直接让你和南妮统治仙境算了！我已经受够了一直被你们批评，而且被批评的理由，竟然还是为了维护你所制定下来的传统！"

奥伯隆一脸难过地看着仙女教母："到目前为止，或许这是你提过的最明智的建议了。"

第 **15** 章

古怪三姐妹的笔记

暮色降临至死亡森林。天空转变为紫色，迷雾笼罩这块土地，星光穿透浓雾闪烁。白雪独自一人坐在晨间起居室里，身边堆满了书，她在烛光下读着露辛达的日记，希望从中了解更多关于古怪三姐妹的事情，要是能找到一些线索，帮助瑟西击败她们就更好了。

　　瑟西、海瑟和普琳罗丝一起去藏书室寻找玛妮亚留下的几本魔咒书，想看看有什么能帮得上忙的魔咒，而白雪则留在房间翻阅她从古怪三姐妹的屋子里搬来的书。

　　天色越来越暗，白雪往窗外看了一眼，心里盼望瑟西和她的新朋友们能快点回来。接着她翻开另一本旧日记，发现有几页晦涩难读的笔记，白雪很快就意识到这些是古怪三姐妹写给自己看的私人记事，而非她们的冒险故事。

玛琳菲森

龙女巫。南妮的宠儿。密切观察她。

参加她的生日晚会。操纵这个闪亮之星！带走那女孩，让南妮心碎。

我们喜欢她！但不会有蛋糕。星星都在我们的指挥下，注定要让南妮心碎。

她不是故意的！她不是故意的！是我们没注意到。可爱的龙女巫不小心杀死了我们的瑟西。她还不知道这件事！绝不能让她知道这件事！这都是我们逼星星逼得太紧的关系，根本没料到会变成这样！但我们现在因此更爱她了。

我们要把那乖女孩留在我们身边！没错。我们会好好照顾她！因为这是我们的错！

她能够支配大自然，但只限于黑暗的环境中，得教她如何遮蔽阳光！星星将支配一切。我们会分享这个秘密，我们要一口气创造瑟西和玛琳菲森的女儿。

她只剩空壳了，她正在失去自我，她给予的太多了。我们有三人份的力量，而她只有一个人。

这一切都失算了，她女儿取走了她的心，她依然强大，她的心越枯萎，她的力量就越强大。因此我们更爱她了。

玛琳菲森说我们也正在失去自我，她说我们变了，说这是一种退化。她一定是在撒谎！

乌苏拉
我们最好的朋友。
既伟大又可怕的女巫，拥有庞大力量。我们都爱她。
背信弃义的女巫！我们恨死她了！
她非死不可！

南妮
假女巫真仙女。

晨星
没我们想象的那么蠢。

奥伯隆

只要他还在沉睡，一切就很好。

岩石巨人
用他们来对付树王。

波佩杰
蠢蛋！

魔镜里的格林海德
利用她来折磨白雪。

仙女
做掉她们！

普琳罗丝与海瑟
卑贱的人类女孩！她们才不是高瑟真正的姐姐！

雅各

女巫们的傀儡，盯着他！

蒂德巴顿太太
她可不傻！

茶杯魔咒

茶杯必须跟施咒对象的嘴唇碰触过，否则咒语不会奏效。喝下杯子里的水，就能知道对方的秘密；把杯子摔破，就能让对方四分五裂；在杯子里倒满水并放入一颗蛋，就能把蛋当作眼睛看见对方在做什么；在杯子里装满对方畏惧之物，就能让他们噩梦连连；将杯子埋进墓土里，可让对方窒息；在杯子里倒入对方的血再混入自己的血，就能操纵他们；把杯子扔进火堆，就能让对方下地狱；把杯子扔进大海里，便能将他们的灵魂送到深海女巫手里。

欲求之物：嫉妒、力量、疯狂、精神错乱、不安全感、心碎、幻影人、拥有自我意志、打破姐妹情谊。

 嫉妒

 力量

 疯狂

精神错乱

 不安全感

208

 心碎

 幻影人

 拥有自我意志

打破姐妹情谊

白雪

讨人厌的女孩。我们的小侄女，白国王的女儿。她将夺走我们最宝贵的东西。

必须杀了她！

去拜访王后！然后把那个臭小孩带进森林里做掉。把格林海德逼疯，唆使她杀了白雪。

被格林海德保护了。

侵入她的梦。利用瑟西破坏她和格林海德的关系。

白雪砰的一声用力把书合上放到旁边。她开始紧张起来了，瑟西到底跑去哪里？她坐立不安地再度打开那本书，想翻回刚刚那一页以便待会儿给瑟西看，不停思索刚才看到的笔记。露辛达提到会利用瑟西来破坏她和母亲的关系，这是什么意思？这一切都在古怪三姐妹的计划之中吗？难道真的就像母亲所说的，她们全都是古怪三姐妹剧本里的傀儡？

一股紧张感再次侵袭白雪，她突然感到房间变得很狭窄，有点喘不过气。之前她独自一人待在古怪三姐妹家时，也曾有过这种感觉。就在白雪站起身来准备逃离房间时，蜡烛的火光开始闪烁不定、火势逐渐减弱。晨间起居室的空气郁闷且寒冷，令人直打哆嗦。

"女儿呀，我跟你说过了，千万别相信任何一个女巫。"

白雪吓了一跳，她环顾四周，但找不到母亲的声音来源。烛光随声音舞动，使影子在墙上朝某个方向移动。

"在这里，小鸟儿。往这里走。"

白雪跟随着母亲的声音往前走，在这座陌生、死寂、充满女巫的森林里，听见母亲声音格外吓人。她走着走着，终于找到了。母亲的脸出现在一片椭圆形框架的镜面上。

镜子位于远方墙上，左右两侧挂满了死亡森林历届冥后的肖像画。看到母亲夹在一群冥后中间，白雪感到毛骨悚然。白雪朝祭坛走近一看，才发现镜面上有裂痕，使母亲严峻的面孔产生裂纹。

"看看那个女巫对我做了什么！"

"谁把你变这样的？"白雪看到母亲的面容后惊呼问道。

"当然是瑟西！她摔破了我的茶杯。小鸟儿，我已经快撑不下去了。不要信任她，白雪！瑟西的母亲们打算利用她来消灭你，她们真正恨的人始终是你，而且一直都在找机会想杀掉你。一开始她们想利用我来达成这个目的，但计划失败后，这次打算用自己的女儿来谋杀你。"

"我不相信！"

"白雪，我就要被赶出镜子了！这次是永别了！趁你还能逃时赶快逃离这里吧！她们就要来了。"

"瑟西不知道摔破你的杯子会伤害你！她之所以摔破茶杯，是因为当时她在生她母亲们的气！她不是故意要这么做的！"

"喔，是吗？自从你到了晨星王国以后，她就想尽办法不让你见到我！虽然她一直告诉自己那是在保护你，但她光是应付她的母亲们就已经自身难保了！那几个卑鄙的巫婆，不但爱搅局又诡计多端，到处荼毒生灵！在她们将恐怖降临到你身上以前，你最好赶紧离开这里！她们真的非常恨你，小鸟儿，因为她们在预言中看见瑟西会爱你更甚于爱她们。"

"这完全说不通啊，母亲。如果想杀我的原因，是因为我和瑟西之间的友谊，那她们又怎么会把我和瑟西凑在一起？这太疯狂了！"

"古怪三姐妹本来就是疯子。而且她们被困在誓言里无法打破。快逃吧！趁她们来到这里之前快逃！我快挡不住她们了。她们要来了，小鸟儿，她们要来了……"

白雪还来不及答话，镜子就破碎了。格林海德发出尖叫，叫声充满了恐惧与痛苦，还伴随着玻璃碎裂的声音。

接着镜子炸裂开来，白雪举起手臂保护脸，四处飞散的玻璃碎片划破她的手。当白雪从臂弯里抬起头时，她看见母亲的身体倒在地板上。格林海德身上满是像镜面裂缝般的伤痕。白雪大叫："不！妈妈！"她被母亲身上的恐怖伤痕吓坏了。

瑟西、普琳罗丝和海瑟冲了进来。当她们看见格林海德倒在地上时，脸上同时露出惊恐的表情。

"瑟西！请帮帮忙！快！"

瑟西吓呆了，脸上的表情充满恐惧与厌恶。"瑟西！求求你！"但瑟西既没有看白雪也不是在看格林海德，她的目光落在远方墙上那面破碎后的空镜框，在框内的虚无通道中，传出某种声音，仿佛有东西正逐渐逼近，就像恶心的毛毛虫一样蠕动着身子，一团团骇人的肉块朝宅邸内前进。镜框里传来骨头互相撞击而发出的嘎啦嘎啦声与呻吟。白雪和三名女巫惊恐地看着那些肉块从镜框里爬出，掉落到地上后，就像面团般自动揉出四肢并展开衣服，快速地变回原本的模样。

古怪三姐妹回来了。一如既往地令人感到毛骨悚然、恶毒与邪恶。

"喔，天啊。看来我们不小心闯入女巫家了，这下子该怎么办呢?"古怪三姐妹哈哈大笑起来，露辛达朝空中随意挥一挥手，便将海瑟、普琳罗丝和瑟西弹飞出房间外，然后把房门重重关上并紧紧锁住。

"亲爱的，请在外面稍等，我们想和白雪与她母亲稍微独处一下。"

第 **16** 章

女巫的女儿

古怪三姐妹站在原地嘲笑着白雪。她们的外表就像梦魇的产物，面目可憎、异于常人，就和白雪童年记忆中的一样。

　　白雪忍不住怀疑现在是否在做噩梦，毕竟，这几个女巫从她小时候起就一直在梦中折磨她。如今再次站在她们面前，母亲却倒在地板上奄奄一息。白雪害怕总有一天必须再次面对古怪三姐妹，也好奇若真有这么一天，自己是否只能哑口无言不敢行动？意外的是，白雪心里却涌现开口说话的力量与勇气，才了解到人的内心深处可以藏着如此坚毅的情绪。

　　"闭嘴，刺耳的女妖！你们到底对我母亲做了什么？"白雪大声吆喝道。

　　古怪三姐妹对白雪发出冷笑，露辛达开口说道："啊，多么勇敢，多么坚强！你可要好好感谢瑟西，亲爱的！如果没有她的陪伴，你现在八成还躲在母亲的保护下，藏在维洛娜的裙子后面！"接着她继续嘲笑白雪。

玛莎抢在露辛达之前开口："喔，很好，你果然是女巫的女儿。瞧瞧你瞪我们的表情！我还以为你会跟小时候一样，害怕到只会浑身发抖、哭哭啼啼。"

"你想要我们救你母亲吗，亲爱的？你真的想跟这个老是躲在镜子里偷窥你的母亲回家吗？永远和试图谋杀你的女人困在一起？"

"是你们逼她这么做的！我已经读过童话书，也看过你们的日记了！里面的内容才是真相！"

露辛达慢慢走向白雪，双眼紧紧盯着她："多么勇敢，你真让我吃惊。"接着她低头看向伤痕累累、血流不止的格林海德，咯咯笑了起来，"格林海德，你还听得到我说话吗？你能感觉到你女儿有多惊恐吗？从她脸上完全看不出来呢！你应该为此感到自豪，她终于知道憎恨的滋味了。"

"白雪，你多久没在镜子里看见自己而非母亲的倒影了？记不得了吧？因为她根本就不想让你知道你有多美丽！完全不愿意！她仍然是从前那个不怀好意的恶毒女巫！你知道她曾经求我们杀了你吗？而且是苦苦哀求呢！

她恨不得把你做掉，以便听她的父亲赞美她是整座王国里最美丽的人。她一心一意希望你死！"露辛达开心地一直说着会让白雪感到难过的话。

"住口！那全都是你们在暗中操纵的！我母亲爱我！她从始至终都是爱着我的。"

"没错，她真的很爱你。爱你爱到事先捕捉了玛琳菲森最宠爱的乌鸦欧宝，还利用这只可怜的小鸟，让我们当作召唤玛琳菲森亡魂的诱饵！当我们用堕落的黑魔法将玛琳菲森从龙的死尸形态复活时，你母亲看得惊叹不已！她实在是太爱你了，还特地协助普兰兹帮我们脱离梦境，因此我们才能够对玛琳菲森施展招魂术。而她所做的这一切都是为了你！她一直陪我们策划阴谋诡计，根本不在乎这个过程会导致谁生谁死！所以亲爱的，你明白了吗？你的母亲是女巫，永远都是。就跟我们一样。"

"你说谎！"

"格林海德主动到梦境里找我们，向我们求助！她说只要能让你重回到她身边，什么事都愿意做。那么，现在是谁在说谎呢，白雪？我看是你在自欺欺人才对！"

白雪低头看着母亲。格林海德气若游丝，她全身上下如玻璃裂痕般的无数道伤口开始流出鲜血："再这样下去她会死掉，请救救她吧!"

"你们听见了吗? 白雪在向我们求助? 对喜欢挑拨母女情感的卑鄙女妖乞求帮忙，不知道你那英俊的国王听到会怎么想?"

白雪没听见露辛达的冷嘲热讽，她看见母亲似乎想说些什么，因此弯下腰来试着听清楚。格林海德的声音非常微弱，几乎快听不见了。

"……小鸟儿，再靠近点听我说……我爱你。"格林海德说完后，伤口开始绽裂，就像一面破碎的镜子般四分五裂，地板上洒满鲜血。白雪忍不住放声大叫。她的母亲死了，如同玻璃般粉碎成无数星尘。白雪永远失去她了。不过白雪惊讶地发现，除了恐惧、痛苦与悲恸等情绪以外，她心底同时也感到一阵解脱。

正当白雪惊恐地看着化为尘土的母亲时，古怪三姐妹爆出笑声。"喔! 我们清楚你心里在想什么，白雪! 你终究不是洁白如雪! 别人说有其母必有其女，我们说苹果树只会长出苹果! 你内心里也希望母亲不得好死!"古怪三姐妹同时开口说惹人厌的话。

"没有!"白雪哭喊道，"我才没这么想!"

"说到苹果。你有收到你母亲放在我们家门阶上的礼物吗?"鲁比说。

"你说什么?"白雪抬起头来看着鲁比,对她幸灾乐祸的模样感到作呕。

古怪三姐妹再次哈哈大笑:"除了你母亲以外,还有谁会给你那么漂亮的红苹果?"白雪站起身来,她的双手和裙摆都沾满着母亲的鲜血:"谎话连篇!"古怪三姐妹的笑声充斥整个房间,她们的嘲笑声不知为何反而让白雪产生动摇,不禁觉得这三个恶劣的女人所言不假。尽管白雪不愿承认,但她心里早就知道将苹果摆在台阶上的人是母亲。除此之外,刚刚她母亲出现前产生的压迫感,就和那天她独自待在古怪三姐妹家中突然感受的压迫感一样:令人感到恐慌、想拔腿就跑。而那股压迫感随着母亲死去也跟着消失了。在意识到这点以后,白雪的心里出现一股强大的力量,发现自己原来不怕古怪三姐妹。

"白雪,劝你别犯傻。不管你是不是女巫的女儿,对上我们都没有胜算。你没有任何能对付我们的手段。光靠真爱的初吻是打败不了女巫的!"玛莎咯咯笑道,露辛达伸出手紧紧掐住白雪的脖子。

就在此时,瑟西破门而入。眼前的景象吓得瑟西的脸都扭曲变形了。海瑟和普琳罗丝紧随其后,摆出准备战斗的架势。

"白雪！吊坠瓶！喝下去！"瑟西大叫，她和海瑟同时对露辛达施展诅咒攻击，但露辛达却一副不痛不痒的模样，反而笑得更大声，直到她听见背后传来鲁比和玛莎嘶哑的声音，她们俩的脖子被无形的力量掐到半空中。露辛达赶紧松手放掉白雪，鲁比和玛莎亦同时掉回到地板上，大口喘着气。露辛达脸上掠过极度憎恶的表情。

"这是什么巫术？"她低声说道，接着转头对瑟西大吼，"你做了什么？"

第17章

众后归来

瑟西感受得到母亲们有多愤怒，这股怒意使她打了个冷战。古怪三姐妹放声大叫，音量大到足以撼动整座宅邸，甚至让人觉得屋子可能会被震垮。

　　"你竟敢把你的血——我们的血，分给白雪！"露辛达吼道，眼神充满怒火，"你不可能用这种方式永远保护白雪！"接着她转头看向白雪，"而你也不可能拥有瑟西！她是我们的！她命中注定是我们的！生来就是我们的！我们会联手让全世界陷入黑暗，然后我们要在生者的世界听着惨叫声，开心地唱歌跳舞！"

　　"女儿啊，马上停止吼叫！"雅各出现了，他站在门口，沉着而镇定，坚毅且慈祥。露辛达立即停住吼叫，表情一下子变得像是被责骂的小女孩般委屈。

　　"父亲？"露辛达一反常态，声音小得几乎听不见。

　　瑟西从未见过母亲如此温驯的样子。露辛达冷静了下来，不知为何，见到父亲让她摆脱疯狂的状态，哪怕这股冷静也许只能持续片刻。玛莎和鲁比被这一幕吓傻了，她们俩的头同时歪向同一侧，摆出目瞪口呆的表情。雅各似乎有能够让古怪三姐妹同时变平静的能力，他不但将她们三个拉回理智边缘，见到稍微恢复正常的母亲们，也让瑟西回想起来为什么以前深爱着她们。

"冷静点，我的宝贝女儿，平息心中的狂暴与愤怒。你们太像你们母亲和外婆了。你们必须学习如何让心灵平静下来。"雅各用温柔的语气说道，试着安抚他女儿们。

"别跟我提到妈妈和外婆！她们抛弃我们，把我们送给仙女并转交到传奇之人的手上！这就是她头衔的由来，不是吗？她得到那个名号，可不是因为她有多厉害、多伟大吧！"露辛达说话的语气再度变得疯狂。

"我们并不想把你们送走！但女儿啊，当时我们别无选择！我可以发誓那是我和你们母亲最不愿意做的事！"

瑟西看得出她母亲们的理智一下子消失又一下子恢复。她们脸上的表情前一秒还像是被恶魔附体般疯狂，下一秒听到雅各的声音又变回正常的表情。这是瑟西这辈子见过最诡异的景象，她们就在她面前不断变脸。瑟西想趁现在赶紧让白雪离开房间，远离母亲们。"海瑟，趁现在把白雪带到我母亲们的小屋里。"瑟西用传心术告诉海瑟，海瑟听到后点头示意。正当雅各还在安抚古怪三姐妹的情绪时，海瑟牵起白雪的手，带她悄悄离开房间。

"妈，请你们相信雅各说的话吧！"瑟西喊道，"他真的深爱着你们，他是真心真意的，请相信他。"她一边说的同时，雅各慢慢走向他那心灵受创的女儿们，他动作小心谨慎，像是在接触可能会攻击人的野兽般。

"露辛达，乖女儿。我可以牵你的手吗？多年前你们三姐妹来到死亡森林时，我一直在刻意回避你们，为此我感到相当惭愧，但当时我真的很害怕。"

"当时我根本就不知道你是谁。"露辛达泪珠盈眶，"我们离开这里多年后，才开始阅读玛妮亚的日记，直到那时才知道你是谁。"

"孩子们，请和我一起坐下来聊聊吧。我有好多事想告诉你们，来，找个舒服的地方坐下来，我们好好谈一谈。"

露辛达、鲁比和玛莎静静地跟在雅各后头，一起走到饭厅里。瑟西看得哑口无言，不敢相信她们在他面前竟然这么温顺、如此听话。

"坐下吧，乖女孩们。"雅各边说边为她们拉出椅子，并扶着她们的手帮忙入座，他用温柔的动作与关爱的眼神来对待他的宝贝女儿。瑟西和普琳罗丝站在饭厅门口，虽然眼前的景象看得她们瞠目结舌，但仍然担心是否马上就会出什么岔。或许古怪三姐妹会突然再度发狂，或是海瑟还来不及将白雪安全带到古怪三姐妹的小屋，三姐妹就先失去理智，等等。

"女孩们，请坐下。我要你们听我说。包括你们两位。"雅各转过头看着瑟西和普琳罗丝。于是她们在古怪三姐妹的对面位置上坐下，眼睛紧盯着门口，等待海瑟回来。雅各坐在餐桌首席，鸟身女妖的石雕像在饭厅墙上，居高临下笼罩着他们。雅各对着露辛达微笑，沉浸在她美丽的脸庞上，迷失在她们母亲与他共度的回忆里。"女儿，你长得真像她们，像极了你母亲和外婆。"接着他看向现场所有的女巫，"当时，我以冥后的侍从身份复活时，你已经一分为三了，而我对你的爱更是有增无减。但祖先们对于你外婆企图将领土扩展到森林以外的地区感到相当愤怒，并断言你们未来也会做同样的事。她们预见到，如果把你们留在这片森林里，未来将会摧毁死亡森林。现在我才知道她们错得有多离谱。"说完，雅各的思绪看起来像是飘向他方，或许他正在重温旧梦，也有可能只是很高兴这群女巫陪伴左右。

"你们的外婆纳斯蒂曾经想统治死亡森林以外的地方，就跟你们现在想做的事情一样。她企图让世界陷入黑暗，将爪牙伸往众多王国，但祖先们最后阻止了她，并强迫玛妮亚把你们交给仙女照料。祖先们说服她相信这是唯一的选择。"

"那为什么当时你没有反对？妈妈又为什么同意？"露辛达问道。她看起来像一个迷失且孤独的小孩子，而不是令人闻风丧胆的女巫。

"我们反对过，乖女儿，我们反对过！但那时玛妮亚的力量太弱了，当时她还没继承所有的魔力，而她变强大以后，因为畏惧你们而变成支持祖先们的预言。我也是到了现在才明白，当初应该想尽办法也要将你们留在身边才对，而不该把你们放到凡人的世界里，导致那么多混乱与灾害发生！要是当初是由我和玛妮亚来做主，那么在她进入陨灭迷雾以后，负责统治这里的就是你们，而不会是命途多舛的高瑟和两位姐姐。尽管我也很爱她们。"

"为什么这些话在我们第一次来访时，你都不说？"鲁比问道，她不像露辛达那样相信父亲说的是实话。

"因为当时我也相信祖先们的话，乖女儿。就跟你们母亲一样，我以为让你们留下来会毁灭这里。我被魔咒束缚要保护高瑟，就如同我被束缚要保护所有未来的冥后一样。除此之外，我也得为我的主人保守秘密。"雅各将三姐妹的手握在自己手里，"啊，我可怜的女孩们，你们一直在众多王国中四处漂泊，永无止境地寻找真正的家。这是你们的天性，从你们的母亲以及历届冥后身上继承下来的天性。"

瑟西静静地听着雅各说话。他说得没错，这就能解释为什么母亲们会想要遵循古法，跟玛妮亚一样用魔法创造出专属于自己的女儿。只不过她们的方向错了，她们付出过多自我在女儿身上，以至于迷失了自己。

"如果你们是在这里长大的，就只会生活在死亡森林的范围内。而且你们在这里会有个明确的目标，也就是统治这块土地。祖先们从一开始就不该把你们扔进毫无戒备的凡人世界，那里只会引起你们的混乱并招致毁灭。若是在这里，你们本来可以继承玛妮亚的统治权。"

"你刚刚说我们被一分为三，这是什么意思？"玛莎睁大眼睛盯着雅各追问道，她观察着他的一举一动，仿佛能从他身上找到答案。

"对呀，他是什么意思，露辛达？"鲁比附和道，她和玛莎开始变得狂躁，表情变得越来越疯狂。"他是什么意思？"她们站起来大叫，同时撕扯身上的黑色礼服、拔下头发上的羽毛发饰，并将撕碎物扔到地上，再用指甲刮自己的脸。

"快住手，妹妹们！你们会毁了我刚才变出来的新衣服。你们也不希望看见自己穿得破破烂烂的，对吧？别毁了漂亮的新礼服。"露辛达尽其所能安抚她的妹妹。

鲁比和玛莎停止发牢骚，但还是想知道雅各到底在说什么："露辛达，拜托告诉我们，他到底是什么意思？我们不明白！"

"亲爱的妹妹，我的鲁比和玛莎。我们都是母亲玛妮亚与父亲雅各爱的结晶，只不过一开始母亲只生下我，而我们外婆纳斯蒂则用魔法将我一分为三，从而创造出你们。纳斯蒂创造了你们，就跟我们创造出瑟西，以及我们帮玛琳菲森创造出爱洛，都是相同道理，明白了吗？"

"但你们的魔咒和纳斯蒂的并不完全相同，对吧，露辛达？"饭厅门口传来海瑟的声音，她已经在门口侧听一阵子了，直到现在才进来。露辛达扭过头盯着海瑟看。

"又一个体内掺杂女巫血液的人类！真是亵渎的存在！"露辛达啐了一声说道，"高瑟再怎么弱，好歹也是用魔法创造出来的女巫！我们才是她真正的姐姐！魔法同源的姐妹！你知不知道，你和普琳罗丝不过是雅各从人类村庄抱回来的婴儿。他从你们肮脏下流的亲生父母手里把你们抢回来养大，然后在你们体内注入玛妮亚的血！为了什么？无非就是为了取代我们！我真想现在就杀了你们！"

"但你知道那是不可能的，露辛达。因为我们身上都流着相同的血。我们母亲的血！"普琳罗丝从座位上站起来，双手握拳并散发黑魔法的紫光，准备随时保护海瑟。

"女孩们，全都住手！立即停止！"雅各用低沉的声音发出巨响，但在场所有女巫们都听不进去。一切再度陷入混乱，所有女巫都在互相叫骂。

海瑟毫不掩饰她对露辛达等人的鄙视问道："你们第一次来这里时，就已经知道自己的身份吗？还是说，正因为你们知道，所以才来这里把高瑟从我们身边夺走，又顺便帮人类打通一条通往死亡森林的入口？"

"我们带高瑟走，是因为她是我们真正的亲妹妹！可不像你，她是用代代相传的古老魔法创造出来的女巫，死亡森林历届冥后每一个都是这样来的！我们只是来讨回她，因为我们想要全家人团聚在一起！"露辛达满腔怒火答道，她也握紧了拳头，气得将指甲扎进皮肉里。

"然后呢？然后你们就抛下她不管！任由她一个人逐渐发疯，让她独自想办法尝试复活我们，同时枯萎成一具空壳。你们骗她这么多年，一直到死前，她都还傻傻地相信你们！"

"我们是真的有心要帮她！我们试着帮助过她！但我们同时也一直在想办法将瑟西带回到我们身边！接着又得拯救玛琳菲森。"

"要是你们一开始就按部就班地施展母亲的生命魔咒，这个祖先们代代传承下来的魔咒，而不是施展你们擅自改动的魔咒，那么这一切根本都不会发生。然而，你们将母亲的魔咒修改成另一种东西！扭曲了魔咒，把它变成一种只会导致破坏而不是创造的魔法。露辛达，凡是你接手的东西最后都是这个下场。刚开始你们来到死亡森林，我们其实是打从心底欢迎你们的，你们清楚得很！你本来可以直接说明你们的真实身份，我们会很乐意跟你们一起生活。我们原本有机会过着幸福快乐的日子，况且我们当时都很喜欢你们，露辛达。我们很高兴死亡森林出现其他女巫，而且是能教我们魔法的女巫。结果你却利用高瑟，偷走我们的魔咒并扭曲它们，导致魔咒的副作用反弹到你们和龙女巫身上，然后到处搞破坏！"

"那是失误！不是我们的错！我们有三个人，而玛琳菲森只有一个，这才是魔咒反弹到她身上的原因！"

"难道你还看不出来，同样的事情也发生在你们身上吗？只是效应比较慢而已！你们也把自己身上最好的部分全都给了瑟西，但因为你们有三个人，所以退化的影响，要花比较久时间才会吞噬你们！你们还没发现吗，露辛达？你们正陷入疯狂当中。高瑟早就发现了，玛琳菲森和乌苏拉也早就发现了，她们都有把这些写在寄给你们的信件上，也都看出来你们身上发生的缓慢变化，瑟西现在也察觉到了。唯一还不明白的人是你们！"

"别跟我们提到乌苏拉的名字！她是个背信弃义、死有余辜的坏女巫！"

"也许是吧，但她在失去理智之前，确实是深爱你们的吧？这些年来，难道你们看不出自己越来越疯狂了吗？露辛达，请收手吧。别为了将女儿留在身边而把她所珍爱的人全都杀光。你们每伤害一个人、每毁掉一条生命，都是在惩罚你的女儿瑟西而已。"

古怪三姐妹脑袋晃动，她们又再次陷入疯狂。"不是！才不是惩罚！她是我们的光，就跟爱洛是玛琳菲森的光一样。有她在身边，我们的世界才会明亮。她离我们越远，我们就越看不清楚。我们需要光，否则会迷失在黑暗中，孤立无援。"

"母亲们，我就在这里。没有人会把我从你们身边夺走。"瑟西觉得自己必须开口说些话安抚母亲们。话虽如此，但以母亲们现在的精神状态来说，她无法想象自己如何待在她们身边生活。不过，瑟西越来越确定自己该做什么了。

"这里的女巫就想把你占为己有！南妮和那群仙女也是！每个人都想把你从我们身边夺走！南妮认为只要她能保护好你，就能弥补自己过去犯下的错误！而她所谓的保护就是让你远离我们！但我们不会让她得逞的！我们已经立下誓言，而怀抱着仇恨立下的誓言一定要履行！我们无法打破在梦之地立下的誓言。我们将把你占为己有，瑟西！我们将从你身边夺走所有你珍爱的人，这么一来，你身边就只剩下我们了！"露辛达说话开始语无伦次，一股狂躁让她的头发变得蓬乱、表情变得扭曲。

古怪三姐妹站到一起并高举双手，手上出现一颗银白色的光球，光球越变越大，噼里啪啦地发出火光照亮饭厅。古怪三姐妹挤压那颗发着银色亮光的光球，力道之大导致光球从她们五指上迸裂成无数道闪电。闪电击中墙壁，使得整座宅邸都在震动。闪电直击宅邸最古老的部分，赋予沉睡在屋内的魔物石雕生命力。这些魔物获得了自由，导致宅邸开始崩裂。俯瞰着饭厅的鸟身女妖石像活了起来，它们撞碎窗户往外飞去，玻璃碎片落到楼下的庭院。瑟西、普琳罗丝和海瑟吓得大声尖叫，露辛达则继续自顾自地指挥潜伏在死亡森林里的魔物。

"潜伏于黑夜中的魔物，听从吾之吩咐！吾乃汝辈之后！在此下令尔等前往仙境与凡人之国度追寻吾之敌人，并以吾之名义消灭他们！"

宅邸又开始摇晃，发出石头咕咚咕咚撞击地面的声音。雅各、普琳罗丝、海瑟和瑟西跑到窗前，看见死亡森林的空中，出现一群巨硕的石龙。他们看见喷泉的蛇发女妖雕像活了起来，朝死亡森林边缘一片庞大的深红色螺旋状光圈蛇行前进。一群又一群乌鸦石像跟在蛇发女妖的上方盘旋飞舞，与此同时，还有更多的鸟身女妖石像从屋里撞破窗户，加入其他有翅膀的魔物行列。

瑟西闭上眼睛深深叹了口气，她知道时候到了……自从踏上这趟旅程开始，她就知道自己该怎么做，只不过直到现在，才有勇气付诸行动。

第18章

仙境保卫战

奥伯隆和树王们聚集在仙境边界上。他们已经做好了准备，等着要和玛琳菲森决一死战。奥伯隆一想到可能将再次面对玛琳菲森，心里不禁充满恐惧；但看到他的仙女们在远处聚集在一起，分头寻找玛琳菲森的踪影，他心里同时也充满了喜悦。

　　在上一次与玛琳菲森战斗的过程中，奥伯隆失去了许多朋友与士兵。他失去的那些战友当然会再次回归大地，只不过复苏需要花上数十乃至数百年。在晨星王国的战斗落幕后，晨星公主就负责重新种植那些倒下的树王。她只需要采集他们的树根并插进土里，悉心照料树苗就好。这项任务看似简单却很重要。

　　他早该料到迟早会发生这样的事——女巫与仙女之战。但他一直希望能避免发生这种事。奥伯隆和他的军队负责站岗，等到战争开打时，他会呼唤所有自然界的众神请求协助。因为即使仙境被摧毁了，古怪三姐妹也不会停手，而且现在她们宣布自己是冥后了，那么势必会想要统治所有王国。他想起多年前，曾经试着跟玛妮亚与纳斯蒂沟通，他认为把古怪三姐妹送去凡人世界是个错误决定，但她们就是不听。根据奥伯隆的经验，当信徒从所信仰的神谕中道出真理时，通常就听不进别人说的话了，只听得进自己人的建议。奥伯隆觉得他当初应该拒绝接手那三姐妹，让死亡森林的女巫别无选择，只能靠自己抚养三胞胎长大成人。但他也为三胞胎的命运感到忧虑，因此最后还是答应收留那三个小女巫，并为她们安排一个适合成长的家。

当时南妮是最适合扮演这种非仙女传统行为的人选，但她遭受一次又一次的失败后，一切都乱了套而陷入悲伤与毁灭，最后她决定干脆让自己在未尽之地迷失自我、徘徊不前。奥伯隆就是在这时候抹除南妮的记忆，让她暂时忘掉自己的真实身份，给予她安宁，并安排她照顾晨星与瑟西，以获得自我救赎的机会。

由于奥伯隆和南妮当初与三姐妹的父母一起做出这个选择，现在他们俩都得面临消灭女巫的局面。奥伯隆望向南妮，南妮和她妹妹以及其他仙女聚在一起，准备好随时开战。一想到南妮也许得再次和养女交战，奥伯隆感到十分心痛，他觉得自己的心思不断在转移，从手下转移到仙女身上，又从仙女转移到瑟西身上。他本来想派一部分的军力去死亡森林协助瑟西等人，然而上一次与玛琳菲森战斗后，他折损了太多士兵，因此他也只能将寥寥无几的火力集中在仙境。现在奥伯隆只期望自然界的众神肯回应他的呼唤，然后前往死亡森林帮助瑟西……如果这一切都还来得及的话。

　　奥伯隆看向天空，寻找玛琳菲森的乌鸦——欧宝。欧宝一直在四处留意哪里有玛琳菲森、古怪三姐妹或其他魔物的踪迹。仙女教母、花拉仙子、蓝天仙子、翡翠仙子、南妮和蓝仙女等三五成群的仙女，也都在远处分头瞭望。所有的仙女聚集在山顶上，肩并肩守望相助，纷纷举起魔杖，准备和玛琳菲森再度交战，奥伯隆看到后相当自豪。他注意到南妮也正用她敏锐的双眼在空中看着欧宝，期待欧宝能比她们早一步感知到玛琳菲森的到来。尽管仙女们看似勇敢无畏，但大家都很害怕再次与黑魔女开打，尤其是南妮。

　　奥伯隆很感激仙境诞生出像欧宝这样的乌鸦，在她飞来告知古怪三姐妹的计划之前，他一直以为这只可怜的小动物，早就和玛琳菲森其他的黑鸟一样，在之前的大战中阵亡了。欧宝是只非常勇敢的乌鸦，在逃离格林海德的魔掌后，便立即飞到他身边告诉他格林海德与露辛达私底下在打什么主意。对欧宝而言，背叛自己的主人是一件不可轻易饶恕的事，但欧宝目睹玛琳菲森多年来不断在改变，早在玛琳菲森死前，欧宝在她身上就已经看不到过去那个讨人喜爱的小女孩了。如今那位饱受折磨的女主人，终于能从痛苦中获得解脱，于是欧宝决定将自己的忠诚献给另一个心地纯洁的女巫瑟西。

奥伯隆叹了口气，回想起当欧宝诉说自己的故事时，语气有多么绝望。欧宝在先前的大战中幸存下来，但一直躲在玛琳菲森阵亡的乌鸦群里，想看看是否能随着亡魂找到她的女主人。结果却发现古怪三姐妹从很久以前开始，就一直想利用玛琳菲森做某件大事，而当时她们正密谋着向玛琳菲森施展招魂术，于是欧宝知道必须阻止她们。这只可怜的乌鸦历经波折才飞到奥伯隆身边，所以奥伯隆希望欧宝这次也能在这场即将开打的战争中幸存下来，并且有朝一日能亲自与瑟西分享她的故事。他希望所有人都能活下来，但无论结局如何，只要读者读得够深，他们的故事就会留在童话故事书里，就跟所有书上的其他童话故事一样流传于世。而在那本故事书里，肯定会有一则老王后格林海德如何捕捉到可怜欧宝的故事；以及白雪公主最后如何摆脱后母的故事；以及古怪三姐妹如何对玛琳菲森施展古老邪恶的招魂术，唤醒死尸的故事；以及一名叫晨星的勇敢少女，如何成功化解巨人和树王纷争的故事。所有人的故事都会出现在书里，有些故事已有结局，有些还未完待续。不知道瑟西的故事会写下什么样的结局？

看来答案呼之欲出了。云层里冒出一只巨龙的剪影，但是那只黑影的喷火龙，才刚出现在高空，突然就直直往下坠落到地面。古怪三姐妹千辛万苦地将玛琳菲森从冥界里拉回来，结果她却只能再度痛苦地死去。奥伯隆现在非常后悔，当初决定让古怪三姐妹住在死亡森林以外的地方，实在是犯了天大的错误。

与此同时，他知道这次是瑟西拯救了所有人。

第19章

女巫的牺牲

时间将倒回稍早前。瑟西悄悄地从裙子口袋里拿出手镜并打碎它，那时宅邸一片混乱，谁也没注意到瑟西做了什么。她的母亲们不断咆哮，雅各则试图安抚她们却徒劳无功，疯狂战胜了古怪三姐妹的理智，她们已经听不到父亲的声音了。海瑟与普琳罗丝则跑向庭院里的古怪三姐妹的屋子，想确认鸟身女妖石像所引起的坍塌落石是否砸进小屋、伤到白雪，所以宅邸只剩下雅各、瑟西和古怪三姐妹。

　　瑟西低下头确认破碎的镜子，她看到白雪的面孔倒映在碎玻璃上。"还好她没事，普琳罗丝和海瑟会照顾她的。"瑟西在内心里想着，"至少白雪是安全的。"

　　接着她抹除破镜上的影像，如此一来，当她拿起最长最尖锐的碎片时，就不会看到白雪的表情了。

　　她好害怕，但别无选择了。这是唯一能让母亲们恢复原样的办法，是让她们恢复理智的唯一方法。

瑟西举起手中那块长长的、锯齿状的玻璃碎片，然后用力插进自己心脏！

她的视线开始变得模糊，咽喉涌上鲜血而无法呼吸。她闭上双眼前的最后画面，是母亲们惊恐的表情。接着她的世界陷入一片黑暗，以及母亲们的尖叫声……

白雪、普琳罗丝和海瑟回到噩梦现场。普琳罗丝和海瑟目瞪口呆地站在原地不动，白雪则把瑟西抱在怀里，沉溺于悲伤之中。她悲痛到哭不出来，只能坐在地板上，纳闷儿这一切到底怎么了。

普琳罗丝伸出手温柔地抚摸白雪肩膀，试图安慰她。雅各闭上眼睛，不愿让泪水流下来，他不想看瑟西那张毫无生气的脸。他选择去照料倒在地板上的三个亲女儿，虽然她们一动也不动，但还有呼吸。

"结局不应该是这样的！"白雪抬起头看着普琳罗丝说道，脸颊沾满了瑟西的鲜血。尽管普琳罗丝也为瑟西的离去心痛不已，并且真心希望事情不会演变到这一步，但或许这真是唯一的方法，只有这样才能让整起事件落幕了。

海瑟陪雅各在古怪三姐妹旁蹲了下来："她们身上的

疯狂已经完全消失了。瑟西将最好的部分都还原到她们的体内，让她们摆脱了疯狂状态，我只能感应到这点。我不懂的是，为什么她们还没醒过来。"

"大概是因为她们不想活在一个没有女儿的世界。"雅各站起身来，看着窗外凌乱的景象。魔物的碎片覆盖整片大地，刚刚那群石像都在瑟西自杀的当下从高空中掉落下来，摔成一堆碎石，"她救了所有的人。她的牺牲拯救了仙境以及众多王国。"

白雪突然站起来，脸色依旧惨白，情绪却异常地兴奋："黄金花！我们可以带她到黄金花园里治疗她！"但雅各和另外两个女巫什么话也没说，只是悲伤地看着白雪。"走吧！我们得带她去高瑟以前住的那栋老屋子！那里现在开满了黄金花，可以用花的魔力复活她！"白雪不明白为什么大家都不说话，为什么没人发现只要这么做就能解决问题。

普琳罗丝弯下腰来抱住白雪："亲爱的，我们不能这么做。如果这么做了，露辛达和她的妹妹们又会再度陷入疯狂。"白雪听完后站起身，现在才注意到衣服上沾满了血。她不知道衣服上的血渍哪些是瑟西的、哪些是她的，也不知道哪件事令她感到作呕：是最亲密的朋友用鲜血换来了和平，还是古怪三姐妹得以苟延残喘而瑟西却得死去？她不能让事情就这样结束，她还不能失去瑟西，至少现在不行。白雪突然能理解古怪三姐妹多年前失去瑟西时的感受了。那种不顾一切、不择手段也想把她带回来的感觉，实在过于强烈而完全无从招架。白雪与古怪三姐妹在此时此刻有了共同点。在这一刻，似乎心灵相通了。

"那我们杀掉古怪三姐妹好了。"白雪脱口而出，她也很惊讶自己竟然说出这种话。

"就算你是女巫的女儿也无法。"海瑟答道，"瑟西已经做出选择了，她本来可以选择亲手杀了她的母亲们，即使她不确定自己是否下得了手，但至少她的力量是办得到的，但是最后她却选择牺牲自我来拯救她们。她知道只要献上自己的性命，就能恢复她们原有的美德。"

"但这不公平！我不能没有她，我不能！"

海瑟面露微笑鼓励白雪："你所爱的瑟西，现在就在她母亲们的体内。她之所以特别讨人喜爱，是因为她是由她母亲们最好的部分塑造出来的。"

白雪从未感到如此愤怒："不该是这样的！我无法接受！一定还有其他挽救的办法！"普琳罗丝握住白雪的手："亲爱的，你必须接受事实，是瑟西想这么做的。她认为是她害母亲们陷入疯狂的，所以我们必须尊重瑟西做出来的决定，而且祖先们也早就预见这一切了。"

白雪摇摇头回应："祖先什么的见鬼去吧！真不敢相信你居然觉得没问题！我还以为你也想帮助瑟西！她终于在你们身上、在这块土地上找到了归宿与家人！我知道你也是这么想的，从你看她的眼神就看得出来！难道你认同她的决定？如果能重来，你也希望有一样的结局？只要你说你接受这一切，那我就放下这件事不再谈了。"

海瑟叹了口气加入她们的对话，一只手环抱着白雪："要是能重来，我们当然也希望情况能有所不同。我们也喜爱瑟西。早在我们第一次亲眼见到她、亲耳听到她以前，还待在未尽之地的时候，就已经喜欢上她了。没错，我们也希望她能够定居于此，和我们在死亡森林里共度一生，而她原本确实可以选择这个决定。祖先们也期望她能够选择这条道路。但如果她真的选择这么做，就表示她非得亲手杀了她的母亲们。但是这一切，只有瑟西才能决定，我们不能出于私心强迫她选择我们想要的结果。"

但白雪总觉得一定还有回旋的余地："我打从心底相信，这件事不应该就这样结束……我知道一定还有其他办法！为什么除了我以外都没有人明白呢？"

接着，房间里突然亮起一道光芒，伴随着光芒出现的是一个新的声音。那是祖先们的声音，听起来既平静又安详。

"白雪说得没错。这件事不应该就这样结束。"

"是高瑟吗？"普琳罗丝环视房间一圈，想找出声音的来源。

"高瑟与我们同在，普琳罗丝，而死亡森林世世代代的祖先们说话向来都是异口同声。"

房间里的光芒变得更亮了。

"瑟西和她母亲们都不该为我们当初犯下的错误而死。她们应该共同决定结局。"

白雪觉得跟一个看不见的对象，与这个超脱世俗的声音谈话很奇怪，但她还是鼓起勇气问道："但要怎么做？她们现在这种状态，要怎么共同做选择？"

"我们会主动联系她们，白雪。她们将获得一次机会。只有她们母女四人才能共同做出选择。她们将决定该怎么做，而我们会尊重她们的决定，用我们的魔法实现她们共同的心愿。这点我们可以向你保证。"

"我还是不明白！她们要怎么知道自己获得了重新选

择的机会？又该从何得知她们最后做出的决定？"

"很简单。她们现在都在未尽之地，同时也正在倾听我们的对话。"

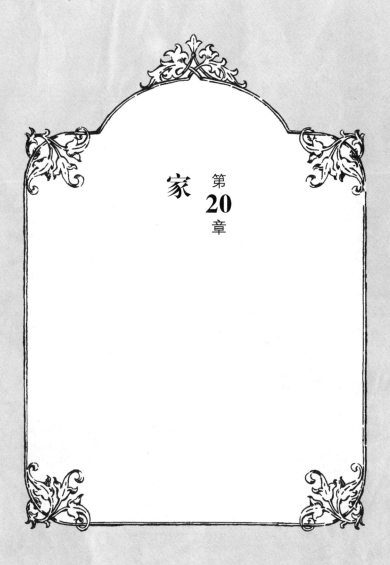

第
20
章

家

瑟西和古怪三姐妹坐在厨房窗前的餐桌旁。窗外阳光和煦，玛琳菲森的乌鸦们在苹果树上安静地休息。

餐桌上摆着一个漂亮的生日蛋糕，而蒂德巴顿太太则在厨房里忙着泡茶。

"这里是哪里？"瑟西如梦初醒，困惑地问道。

蒂德巴顿太太开朗大笑道："亲爱的，我不知道。我还指望你告诉我这是哪里呢！"

"我们在未尽之地。"露辛达开口回答。

瑟西略感意外，她没想到未尽之地会是这样的地方。

"宝贝女儿，这个地方会呈现我们想看见的模样。"鲁比一边说一边将一碟牛奶放到地板上给普兰兹喝。

"普兰兹！"瑟西很高兴看到这只猫，但她很快就意识到这意味着什么，"噢！普兰兹，你还好吗？"普兰兹没有答话。

"亲爱的，她现在无法跟你说话。她太虚弱了，几乎快撑不下去，但我们会尽力将她留在这里的，对吧？我们不会让她就这样离去的，至少不能为了我们而离去。就像我们不能让你为了我们而化为陨灭迷雾，加入祖先们的行列。"

瑟西突然觉得自己像是又变回小女孩，在一个阳光明媚的早晨，和她以为是自己姐姐的三个大女孩坐在厨房里闲聊。她很高兴自己做了正确的选择。见到母亲们变回她们原本的模样，她甚感欣慰。

"我们也很开心能变回原本的自己。"露辛达说道，"但我们并不希望你为此牺牲自己。"

蒂德巴顿太太为女巫们端来了一壶热茶与茶杯："亲爱的，来喝茶吧!"她将托盘放到桌上，瑟西抬起头看着蒂德巴顿太太。

"喔! 蒂德巴顿太太! 你接下来打算怎么做? 你要去另一个世界吗? 还是你想回去继续过原本的生活?"

蒂德巴顿太太笑着回答："我已经活得够久了，但在蒂德巴顿老太太我离开前，你们的祖先最后交给我一个任务：在你和你母亲们决定好是否要使用黄金花的力量以前，他们希望我能继续看管那片黄金花，所以其实我现在正准备回去，只是中途顺道来这里喝点茶休息一会儿，同时想请你们帮我个忙。”

瑟西微笑问道："当然好，你想要我们帮什么忙？"但露辛达代替蒂德巴顿太太回答瑟西这个问题。

"她想请我们早点做好决定，因为她已经准备好要去另一个世界了。"接着露辛达转头对蒂德巴顿太太面露微笑，"请容我代替祖先向你致歉，你原本都准备好要走了，却还把你拦下来。"

蒂德巴顿太太拍拍露辛达肩膀："啊，你已经不是我记得的那个女巫了。一点也不像，我喜欢你现在这个样子。"

露辛达笑着回答："我也是。"

"我不明白，要做什么决定？我已经做出了我的选择！而且，为什么妈妈你们都在这里？你们不是应该在死亡森林里吗？我牺牲自己就是希望你们可以活下去了，你们怎么还在这里逗留？"

露辛达轻轻握住瑟西的手。

"因为呢，瑟西，如今我们待在未尽之地，并获得一次重新选择的机会。现在唯一要做的，就是倾耳细听自己内心的声音，到底想要什么答案……"